Mon indomptable épouse

CAITLIN CREWS

Mon indomptable épouse

Azur

HARLEQUIN

Collection : Azur

Titre original :
MY BOUGHT VIRGIN WIFE

HARPERCOLLINS FRANCE
83-85, boulevard Vincent-Auriol, 75646 PARIS CEDEX 13
Service Lectrices — Tél. : 01 45 82 47 47

www.harlequin.fr

ISBN 978-2-2804-1371-8 — ISSN 0993-4448

1.

Imogen

J'allais épouser un monstre.

Que je le veuille ou non. J'étais la fille cadette de Dermot Fitzalan et je devais obéissance à mon père, comme toutes les femmes de la famille avant moi, depuis la nuit des temps.

J'avais toujours été fixée sur mon sort.

J'étais pourtant moins résignée que je l'aurais dû. À l'époque où j'étais plus jeune et plus naïve, mon mariage semblait un événement lointain, dénué de réalité. Mais aujourd'hui…

— Père ne doit pas te voir dans cet état, Imogen, me dit ma demi-sœur, Celeste, en faisant irruption dans ma chambre. Cela ne fera qu'aggraver les choses.

Comme d'habitude, elle avait raison. Celeste, modèle de grâce et d'élégance qui avait la blondeur et la sveltesse de sa mère défunte, s'était elle-même soumise à son devoir avec le sourire et toute l'apparence d'une joie tranquille. Tout le monde l'adorait. Malheureusement, on m'avait toujours comparée à elle, à mon désavantage. Ma propre mère, morte elle aussi, était une beauté aux cheveux blond vénitien, avec un teint nacré et des yeux vert émeraude. Mais je ne lui ressemblais que de très loin. Auprès de ma demi-sœur, je m'étais toujours sentie déplacée, comme une aberration dans le monde des Fitzalan. J'aurais été plus à l'aise dans un milieu bohème que dans la haute société au sein de laquelle j'avais été élevée.

Et qui seyait à Celeste à la perfection.

Même à la veille de mon mariage, alors que j'aurais dû être au centre de l'attention, c'était elle qu'on regardait. Calme et posée, d'un chic absolu dans ses vêtements à la coupe simple mais irréprochable, elle avait relevé ses cheveux d'un blond très clair en un chignon qui paraissait naturel. Un maquillage minimaliste rehaussait ses yeux et ses pommettes hautes. Moi, j'étais encore en pyjama à midi passé et je n'avais pas besoin de me regarder dans la glace pour savoir que mes boucles emmêlées se dressaient sur ma tête en touffes indomptables.

Tous ces détails me paraissaient d'autant plus funestes que le monstre que j'allais épouser le lendemain matin avait autrefois jeté son dévolu sur ma sœur.

Et le bruit courait qu'il la convoitait encore.

En tout cas, la rumeur m'était revenue aux oreilles. Étonnamment, j'en avais été piquée au vif, alors que cela n'aurait pas dû m'atteindre. Mon mariage n'avait rien de romantique. J'étais juste la dernière héritière Fitzalan disponible, ce qui suffisait à faire de moi un parti intéressant. Mais on m'avait choisie pour les mauvaises raisons.

J'avais toujours déçu les attentes de mon père qui aurait voulu me cantonner à un rôle purement décoratif. Je riais trop fort et mal à propos. Mes vêtements avaient toujours quelque chose qui clochait légèrement. Je préférais les livres aux réceptions mondaines où j'aurais dû exhiber mes talents de maîtresse de maison. Et j'avais beaucoup de mal à me passionner pour les conversations de salon.

Finalement, j'avais de la chance que mon mariage serve au moins les intérêts de mon père, à défaut des miens. Je n'avais jamais rien espéré qui ressemble à un conte de fées.

— Les contes de fées sont pour les autres familles, pas pour nous, avait coutume de dire ma grand-mère d'une voix austère. Les Fitzalan poursuivent des buts plus élevés.

En parlant, elle martelait le plancher de sa canne à pommeau d'argent, dans l'immense manoir de la campagne française que notre famille habitait depuis le XIIe siècle.

Enfant, je m'imaginais avec Celeste, toutes deux en armure, nous élançant vers des champs de bataille sous de fiers étendards, ou abattant de féroces dragons. Telle était en tout cas ma vision du noble idéal qui m'était échu. Jusqu'à ce que de sévères religieuses autrichiennes s'occupent de mon éducation dans un couvent où la haute aristocratie envoyait ses filles pour les former à leur futur rôle.

Pas plus qu'aux autres on ne m'avait demandé mon avis. Notre vie était tracée d'avance. Nous étions de simples pions dans un jeu dont nous ignorions les règles.

— La vertu d'obéissance vous apportera la paix et la tranquillité d'esprit, Imogen, me répétait la Mère Supérieure.

Elle me trouvait souvent assise dans un coin, furieuse et les yeux rouges, en train de réciter une dizaine de chapelets en pénitence de mes péchés. On me reprochait surtout mon orgueil et mon égoïsme.

— Cessez de douter et faites confiance à ceux qui ont à cœur vos intérêts supérieurs.

« Les Fitzalan poursuivent des buts élevés », avait toujours dit grand-mère.

Au fil des ans, j'avais compris qu'il s'agissait essentiellement d'argent. Les Fitzalan avaient amassé une grosse fortune au cours des siècles. Ils n'avaient jamais régné ou courtisé les rois, mais exerçaient leur pouvoir dans l'ombre. Leur richesse faisait ou défaisait les royaumes, selon leur bon vouloir. C'était leur seule gloire.

— Je ne suis pas *dans tous mes états*, dis-je à Celeste.

Elle dédaigna de me répondre.

Je m'étais enfermée dans un petit salon attenant à ma chambre pour ruminer ma tristesse, en rêvassant au beau Frederick, un palefrenier qui travaillait dans les écuries de mon père et possédait des yeux d'un bleu extraordinaire.

Nous avions bavardé une fois, il y avait de cela plusieurs années, un jour qu'il avait amené mon cheval dans la cour du manoir, comme si j'avais besoin de son aide. Depuis, son sourire habitait mes fantasmes.

Il m'était insupportable de penser qu'un autre allait le supplanter dans mes rêves, un *mari*, que toute l'Europe craignait et détestait.

J'avais souvent la désagréable impression d'être prisonnière dans ce manoir historique où je ne m'étais jamais vraiment sentie chez moi. Ma mère était morte quand j'avais à peine huit ans. Dans mes souvenirs, elle pleurait constamment. Mon père, qui n'avait jamais caché combien je le décevais, m'avait confiée aux tendres soins de grand-mère. Mais je lui restais très attachée, ainsi qu'à ma demi-sœur Celeste, de dix ans mon aînée. Ils étaient ma famille, même si ces liens m'étouffaient parfois.

« Tu dois prendre modèle sur ta sœur », me disait souvent grand-mère.

Je courais dans les couloirs de la vieille demeure, rouge et échevelée, au lieu de me tenir sagement dans un fauteuil, chevilles croisées et nuque courbée, comme une enfant docile.

J'avais fait mon possible. Sincèrement.

Celeste avait grandi sans vagues, avec une douceur et une élégance que je lui enviais mais ne pouvais imiter. Le jour de son vingtième anniversaire, on l'avait mariée à un comte qui avait presque l'âge de notre père, mais que son sang bleu apparentait aux plus nobles familles de la vieille Europe. Je ne l'avais jamais vu esquisser l'ombre d'un sourire. Depuis, Celeste lui avait donné deux fils et une fille, et semblait parfaitement épanouie dans son rôle de comtesse.

Comment faisait-elle pour se résigner à son sort ? J'étais à la veille de mon vingt-deuxième anniversaire, que je fêterais en épousant un homme à la réputation épouvantable. Le diable incarné… Mon père l'avait choisi pour moi et n'avait même pas jugé bon de me le présenter.

En dépit de la haute opinion que notre père avait de notre rang, cet homme n'appartenait pas à l'aristocratie. Celeste avait au moins eu droit à un titre de noblesse, même si son vieux mari n'avait plus ni terres ni fortune. Dans mon cas, l'argent compenserait sans doute une généalogie défaillante, en renforçant la puissance financière du clan Fitzalan.

La douce et fragile Celeste portait haut l'honneur de sa charge. Moins altière, plus robuste, j'avais été vendue sans scrupule à un roturier dont les coffres étaient pleins. Mon père avait ainsi gagné sur les deux tableaux.

J'en avais parfaitement conscience.

Celeste s'installa au bout du divan où je m'étais pelotonnée la mine boudeuse, comme si mon immobilisme avait le pouvoir d'arrêter le temps et de me faire échapper à mon destin.

— Inutile de te rendre malade, déclara-t-elle, pragmatique. De toute façon, tu ne changeras rien au cours des événements.

— Je n'ai pas envie de l'épouser, Celeste.

Elle éclata de son rire cristallin qui, pour une fois, sonna faux à mes oreilles.

— Tu n'as pas *envie* ? Comme si cela avait la moindre importance !

— On aurait pu au moins me consulter, remarquai-je sombrement.

— On n'est pas moderne, chez les Fitzalan, répliqua-t-elle impatiemment. Si tu rêvais d'indépendance et de parents progressistes, il fallait naître dans une autre famille.

— Je n'ai pas vraiment eu le choix.

— Ne sois pas puérile, Imogen. Tu savais très bien que ce jour viendrait. Tu feras comme tout le monde. Tu n'échapperas pas à ton sort.

Son ton me parut terriblement amer, presque méprisant. Peut-être n'était-elle pas aussi heureuse et épanouie que je l'avais toujours imaginé, finalement…

En ce matin de janvier, je frissonnai. L'atmosphère était lugubre, dans ce château construit par les envahisseurs normands. Au-dehors, la campagne hibernait, ainsi que les jardins méticuleusement entretenus. Pourtant, côté façade, les invités commençaient à arriver.

Celeste et sa famille étaient venus de Vienne, nos grands-oncles de Paris et nos impertinents cousins d'Allemagne, les associés ou rivaux d'affaires de mon père, du monde entier.

Mon redoutable futur mari était déjà là.

— Comment est-il ? demandai-je d'une voix blanche.

Celeste mit tellement de temps à répondre que je l'observai avec curiosité. Son sourire mystérieux me déconcerta. Néanmoins, je résolus de l'ignorer.

— Tu veux vraiment savoir ? répliqua-t-elle d'un ton désagréable qui me fit craindre le pire. Je ne suis pas sûre de te rendre service en te mettant en garde.

— Tu n'as pas épousé un monstre, toi, remarquai-je.

Malgré tout, l'expression pincée et éternellement rébarbative du comte donnait à réfléchir.

Celeste se rengorgea.

— Tu n'as jamais rencontré quelqu'un comme lui, Imogen.

— C'est-à-dire ?

Elle se mit à rire, de nouveau.

— Tu es tellement immature… Et innocente.

— Tu étais plus jeune que moi quand tu t'es mariée. Et pas plus avisée.

Elle me lança un regard faussement compatissant, totalement hypocrite, qui acheva de me déstabiliser. Je ne la reconnaissais pas.

Cependant, je chassai délibérément mon malaise pour me concentrer sur le moment présent. J'aurais tout le temps d'y repenser plus tard, quand j'aurai la force et le courage d'analyser mon trouble.

— Je suis désolée pour toi, murmura Celeste au bout d'un moment, en pesant ses mots. Ce n'est vraiment pas juste. Ta naïveté ne t'a pas préparée à affronter un homme tel que Javier Dos Santos.

Son nom même me terrorisait et m'emplissait d'appréhension.

— Je croyais que tu le haïssais, dis-je. Après ce qu'il t'a fait…

Je me souvenais des cris paternels qui avaient résonné dans toute la maison, couvrant les sanglots de Celeste. C'était la seule fois où le vernis de perfection de ma sœur s'était craquelé. Javier Dos Santos avait troublé nos existences lisses et sans histoire de filles sages.

Je l'avais entrevu à cette occasion, après une dispute particulièrement dramatique. Je m'étais dissimulée derrière les tentures d'une fenêtre, à l'étage, pour apercevoir le monstre qui semait la discorde dans ma famille.

Les années n'avaient pas altéré la vivacité de mes souvenirs.

Javier Dos Santos avait des cheveux d'un noir corbeau, et un visage dur et cruel. Contrairement aux gentlemen de mon entourage, il était dénué de grâce et d'élégance, et exsudait un danger menaçant, indéfinissable.

Il ne pouvait pas prétendre à ma sœur, avais-je pensé farouchement. Elle était trop belle pour lui.

Mon père partageait manifestement mon opinion et l'avait clamé haut et fort.

Cependant, Javier Dos Santos était apparemment assez bien pour moi.

— Non je ne le hais pas ! lança Celeste avec une légèreté incompréhensible. Où vas-tu chercher des idées pareilles ?

— À l'époque, tu jurais tes grands dieux que tu ne lui pardonnerais jamais…

Elle me coupa la parole.

— Il est vraiment spécial. Oublie toutes tes idées préconçues. Il ne ressemble à personne d'autre.

— Je ne connais pas beaucoup d'hommes, à part père, quelques-uns de ses amis… Et ton mari.

Je regrettai cette remarque qui avait l'air d'un jugement. Mais Celeste n'y prêta aucune attention et s'absorba dans ses pensées.

— Javier est viril, presque animal. Il s'empare de ce qu'il veut, comme si tout lui était dû. Tu te rabaisseras de ton plein gré pour lui faire plaisir.

Je fronçai les sourcils.

— Ce n'est pas mon intention.

Celeste balaya ma remarque d'un geste de la main.

— Tu ne te contrôleras plus. Il aura beau t'humilier, t'insulter, te faire pleurer, rien n'y fera.

Mon cœur battait la chamade et la tête me tournait. J'avais la gorge sèche. Au fond de moi, la peur montait, de plus en plus forte.

— Pourquoi me dis-tu tout cela ? Et justement la veille de mon mariage ?

Celeste ne perdit pas contenance.

— Je te prépare, Imogen.

— Je le vois déjà comme un monstre. Ce n'est pas la peine de noircir le tableau.

— Tu devras surveiller ta façon de parler, poursuivit-elle. Car il ne supportera pas tes insolences. Il faudra aussi te calmer, arrêter de courir partout comme une folle. Il fréquente des femmes posées, des gravures de mode, pas des sportives qui brûlent des calories sur des tapis de course.

Celeste, belle et mince naturellement, considérait tout exercice physique comme vulgaire et dégradant.

— Tu as de la chance de lui avoir échappé, murmurai-je. C'est moi qui vais prendre le relais et porter le fardeau à ta place.

Elle rougit bizarrement, mais s'empressa de redresser le menton, les yeux brillants.

— Effectivement. Je me félicite de mon sort chaque jour.

Je tripotais avec nervosité l'ourlet de ma veste pyjama. Même si Celeste se comportait étrangement, elle restait ma sœur, la seule personne à ne m'avoir jamais punie quand je posais des questions.

C'est pourquoi je me risquais à aborder un autre sujet qui me tracassait depuis le repas de Noël, quand mon père avait annoncé mon prochain mariage.

— Est-ce que… ?

Je toussotais, gênée.

— Je vais avoir mal ?

Celeste ne dit rien pendant un long moment. Puis elle se raidit et son regard se durcit.

— Tu survivras, déclara-t-elle sans ménagement. Pour le meilleur et pour le pire. Et tu te raccrocheras à la vie. Je te conseille de tomber enceinte le plus rapidement possible. Les hommes comme lui veulent avant tout un héritier. Plus tôt cela arrivera, plus vite il te laissera tranquille.

Longtemps après son départ, je restais prostrée, sans bouger. Incapable de respirer. Un poids étrange me comprimait la poitrine. J'avais l'impression d'avoir vu ma demi-sœur pour la première fois telle qu'elle était réellement.

Cela me remplissait d'un profond chagrin, teinté d'une inquiétude inexplicable.

Finalement, je me décidai à me lever, essuyai mes yeux humides et me dirigeai vers ma chambre pour m'habiller. Je revêtis la tenue qu'on avait préparée pour moi, au goût de mon père mais pas du mien, une robe à manches longues, en cachemire. J'enfilai ensuite des bottes en cuir souple et contemplai mon reflet dans la glace.

Je ne m'étais pas métamorphosée magiquement en modèle d'élégance au cours de ma longue station sur le canapé…

Avec ma chevelure très frisée et rebelle, j'avais toujours une tête hirsute. Les canons de l'élégance exigeaient des coiffures lisses qui décourageaient par avance tous mes efforts. Les religieuses avaient même cessé de combattre la tendance naturelle de mes boucles indisciplinées. Je me coiffai avec les doigts, du mieux que je pouvais, pour démêler les mèches entortillées.

Mes cheveux étaient le fléau de mon existence, tout comme j'étais le fléau de celle de mon père…

Je ne quittai mes appartements qu'après m'être assurée d'être à peu près présentable.

En arrivant dans le hall, je m'engouffrai dans l'escalier de service. Mon père n'apprécierait certainement pas que je me déplace dans le château comme une domestique, mais il ignorait à quel point tous les passages secrets de notre vieille demeure m'étaient familiers. Ils me rendaient la vie beaucoup plus supportable.

Je pouvais par exemple me terrer dans l'ombre et rester introuvable pour échapper à un sermon, à une remontrance. Ou rentrer en catimini de mes longues promenades dans la campagne, couverte de boue et échevelée, sans m'attirer les foudres paternelles. Si j'étais démasquée, on me privait de sortie pour m'apprendre à me conduire *comme une lady.*

Je me dirigeai prudemment vers l'aile où on logeait les invités, en évitant avec soin les salons où je risquais de croiser des membres de la famille ou des amis de mon père. Il n'y avait qu'un endroit où on avait pu installer un homme aussi riche et puissant que Javier Dos Santos. Une seule suite, la plus luxueuse, convenait à celui qui allait devenir mon mari et jouissait d'une si redoutable réputation.

Mon père avait peut-être renvoyé Javier de chez lui dix ans plus tôt, mais maintenant qu'il était le bienvenu et qu'on lui donnait la fille cadette, il serait reçu comme un prince.

Je me rendis dans un bâtiment de construction récente, un pavillon à deux étages où ma grand-mère avait vécu à la fin de ses jours. L'habitation possédait une entrée indépendante, mais on pouvait accéder à l'étage supérieur par le corps de logis principal, et se glisser sur le balcon.

Je ne me posais même pas la question de savoir pourquoi je faisais cela. J'étais juste ulcérée par la conversation que je venais d'avoir avec ma sœur. Je me rendais compte que je ne la connaissais pas vraiment, et la terreur qu'elle avait instillée en moi m'éperonnait.

Je me faufilai par une porte dérobée réservée aux domestiques, derrière une tapisserie, et me plaquai contre le mur en tendant l'oreille.

J'entendis d'abord une voix.

Sa voix.

Autoritaire. Grave. Aux accents riches et profonds, comme le chocolat noir et le vin rouge.

Envoûtante.

Horrifiée, je me gardai pourtant bien de bouger.

Il parlait vite, en espagnol. Je m'approchai légèrement

de la balustrade qui m'offrait une vue plongeante sur ses appartements.

L'espace d'un instant, le passé et le présent se confondirent. J'étais à nouveau en train d'épier Javier Dos Santos. En cachette.

Une fois de plus, je fus frappée par *son physique*. Dix ans plus tôt, son habit de soirée contrastait avec la brutalité qui émanait de lui, avec ses larges épaules et son incroyable carrure d'athlète.

Ce jour-là, il était en bras de chemise. Et le pantalon qui moulait ses cuisses me jeta dans un trouble inexplicable. Je fus obligée de détourner le regard.

Mon cœur battait si fort que je craignis de défaillir.

Mais non.

Il passa les doigts dans ses cheveux, aussi noirs et brillants que dans mon souvenir, comme si le temps n'avait pas prise sur lui. Le téléphone à l'oreille, la tête penchée sur le côté, il écouta un instant avant de répondre dans cette langue étrangère qui résonnait si curieusement en moi.

Je comprenais suffisamment l'espagnol pour savoir de quoi il s'agissait, même sans saisir toutes les nuances. Il était question de négociations en cours entre le pays de Galles, le Japon et les États-Unis.

Il raccrocha abruptement avant de jeter son portable sur la table. Dans le silence qui suivit, j'entendis le sang battre contre mes tempes.

Javier Dos Santos demeura un instant immobile, à observer les dossiers ouverts devant lui, ou peut-être sa tablette.

Puis, dans un mouvement brusque, il releva la tête et me fixa de ses yeux noirs et perçants. Je compris immédiatement qu'il avait perçu ma présence dès mon arrivée. Je me sentis dangereusement exposée.

Il savait que j'étais là, depuis le début…

— Bonjour, Imogen, dit-il avec un léger accent qui rendait néanmoins mon prénom presque méconnaissable.

J'étais paralysée.

— Vous allez rester là longtemps, à me regarder sans rien dire ?

2.

Javier

J'étais né dans le mensonge.

Mon père n'avait jamais été digne de foi, ma mère non plus. Les mensonges qu'ils racontaient à la terre entière, ainsi qu'à moi et mes sœurs, avaient forgé l'homme que j'étais, en bien ou en mal.

Dans l'existence que je m'étais construite depuis, il n'y avait plus aucune place pour la fausseté. J'exigeais l'honnêteté de tout un chacun. De moi, en particulier.

Il était donc inutile de me voiler la face. Ma future femme — l'infortunée sœur cadette des Fitzalan — ne correspondait pas du tout à ce que j'avais imaginé.

J'avais décidé par avance qu'elle me conviendrait et que je m'en satisferais. Même si elle n'était pas Celeste, c'était son pedigree qui comptait. Surtout, notre union signait une vengeance longuement ourdie contre son père, forcé à m'accorder ce qu'il m'avait autrefois interdit.

Je n'avais jamais accepté ma défaite. Dix ans plus tôt, Dermot Fitzalan avait cru me mettre à genoux, sans soupçonner qu'il me poussait au contraire à prendre une revanche éclatante. Pendant tout ce temps, j'avais œuvré afin que cet homme méprisant et arrogant ne me refuse pas la fille qui lui restait.

En revenant en vainqueur dans sa lugubre demeure

du nord de la France, je ne m'attendais pas du tout à l'électrochoc que je ressentis à la vue d'Imogen.

Après avoir grandi dans les bas-fonds de Madrid, je souhaitais ardemment m'extraire de mes origines et m'élever dans l'échelle sociale. Depuis toujours. Très tôt, je m'étais fixé comme but de conquérir l'élégance et la distinction.

En toute logique, j'avais jeté mon dévolu sur Celeste Fitzalan, qui incarnait la grâce jusqu'au bout des ongles, malgré une froideur rebutante de prime abord.

Elle aurait dû être le clou de ma collection.

Mon projet ne s'étant pas réalisé, je m'étais rabattu sur sa sœur.

Cette dernière, qui avait bravé les interdits pour m'épier furtivement, ne correspondait pas du tout à l'image que je me faisais d'une aristocrate.

La masse de ses cheveux roux l'auréolait d'un halo flou et indiscipliné. Si j'en croyais les taches de rousseur qui parsemaient son nez et ses pommettes, elle se souciait fort peu des artifices du maquillage. Mais ses longs cils recourbés et sa bouche pulpeuse, couleur framboise, semblaient délicieusement naturels.

Elle portait une robe bleu marine, d'une coupe classique, qui mettait en valeur des courbes généreuses, et des bottes en cuir lui montaient jusqu'au genou.

J'aurais pu lui pardonner sa coiffure négligée et son manque d'apprêt, car cette première rencontre avec son futur mari était improvisée.

Mais pas la façon dont elle fronçait les sourcils. Manifestement, elle était tout le contraire de sa sœur.

Celeste possédait une parfaite maîtrise d'elle-même. Jamais elle ne perdait le contrôle, même lorsqu'on lui résistait. Oh ! elle avait tapé du pied et s'était mise en colère contre son père, à l'époque, mais tout était savamment calculé, jusqu'au moindre geste. Son mascara n'avait pas coulé. La mise en scène avait été parfaite, du début à la fin.

Après tout ce temps, cela me restait curieusement en travers de la gorge. Je chassai ce souvenir et surmontai ce mouvement de faiblesse.

— Est-il bien convenable d'épier ainsi votre futur mari ? dis-je tranquillement à Imogen. Pour une première rencontre, ce n'est pas très correct.

Je l'avais entendue quand elle était arrivée sur le balcon, légèrement en surplomb par rapport à moi.

— Je veux savoir pourquoi vous voulez m'épouser, lança-t-elle d'un ton hostile, presque grossier.

Elle serrait les poings, comme prête à se battre.

Je haussai les sourcils.

— Pardon ?

Elle répéta sa question sans se démonter.

— Pourquoi voulez-vous vous marier avec moi ? Si vous êtes aussi riche et puissant qu'on le dit, vous pourriez choisir n'importe qui.

Je fourrai les mains dans mes poches et l'observai tranquillement.

J'aurais dû être scandalisé, mais elle m'amusait plutôt. Pourtant, je n'étais pas homme à sourire facilement.

Elle avait eu du cran de venir jusqu'ici, la veille de la cérémonie, comme si cela pouvait changer quelque chose. Normalement, quand on était fille de Dermot Fitzalan, on se contentait d'obéir, sans même chercher à comprendre.

Pourtant elle était là.

Telle un don Quichotte au féminin, cheveux au vent, étendard déployé, prête à pourfendre l'ennemi imaginaire. Mon cœur se serra inexplicablement.

— Je répondrai à toutes vos questions, dis-je, magnanime. Mais face à face.

— Je suis devant vous.

— Vous êtes trop loin.

Je lui fis signe d'approcher.

Puis j'attendis, avec la sensation étrange qu'elle était… imprévisible.

Elle desserra les poings et les referma. Apparemment, elle avait du mal à se décider. En l'espace de quelques secondes, j'en appris beaucoup sur ma future femme. Elle était rebelle et entêtée.

Mais finalement docile.

Parce qu'elle se dirigea vers l'escalier en colimaçon qui descendait à l'étage où je me trouvais.

Peut-être moins docile que curieuse, rectifiai-je lorsqu'elle s'approcha en croisant les bras, comme pour se protéger derrière une armure.

Je pris le temps d'observer cette jeune femme que j'avais « achetée ». C'était ma revanche et mon trophée, en même temps.

Elle fera l'affaire, pensai-je avec satisfaction.

Au bout d'un moment, je m'adressai à elle sur le ton de réprimande que j'utilisais avec mes subordonnés.

— J'imagine que vous ne pouvez rien changer à vos cheveux.

Imogen me foudroya du regard. Elle avait des yeux d'un brun mordoré et je me demandai de quel éclat ils brilleraient dans le feu de la passion.

L'aiguillon du désir me transperça sans crier gare.

— Pas plus que vous ne pouvez vous prévaloir d'un titre de noblesse, rétorqua-t-elle.

Il me fallut un peu de temps pour encaisser le coup. Cette jeune effrontée frappait juste, à l'endroit où cela faisait mal. Avec autant d'aplomb, elle n'hésiterait pas à remuer le couteau dans la plaie.

Personne n'avait jamais osé m'attaquer ainsi de front. En tout cas, je ne m'en souvenais pas.

— Cela vous afflige d'épouser un homme dont la condition est tellement au-dessous de la vôtre ?

demandai-je d'une voix doucereuse. Un bâtard, alors que du sang bleu coule dans vos veines…

Elle avait une peau nacrée… très appétissante. Une lueur cuivrée brilla dans ses yeux.

— Cela vous afflige que je ne sois pas ma sœur ? rétorqua-t-elle.

Je ne m'attendais pas à une repartie aussi vive.

Je redressai les épaules, comme si je me préparais à une lutte au corps à corps.

— On ne risque pas de vous confondre, murmurai-je.

Je commençai à la considérer sous un autre jour. Elle n'était plus un pion sur un échiquier, mais une adversaire, et la partie s'avérait beaucoup plus intéressante que je n'aurais cru.

J'étais surpris, un peu décontenancé.

— Pour autant que je sache, vous avez voulu remplacer l'une par l'autre, comme si nous étions interchangeables, observa-t-elle froidement.

— Je vous assure que non.

— Les faits sont là. Il suffisait pourtant d'une recherche rapide sur Internet pour avoir une photo. Vous vous seriez rendu compte que ma sœur et moi sommes nées de mères différentes.

— Je n'accorde pas beaucoup d'importance à l'apparence physique, répondis-je en pensant la réduire au silence.

Au lieu de quoi, la surprenante créature éclata de rire.

— Cela ne colle pas du tout avec votre personnage !

— Pourquoi dites-vous cela ? Vous ne savez rien de moi !

— Vous aimez vous faire photographier en compagnie de très belles femmes.

— Ce n'est pas leur beauté qui m'importe, mais la convoitise qu'elles suscitent chez les autres hommes.

C'était vrai, et je l'avais proclamé bien des fois, mais devant elle ces propos me parurent subitement… vulgaires, et même répréhensibles.

Je n'avais pourtant pas à avoir honte devant la femme que j'allais épouser.

— Vous aimez les trophées, dit-elle.

J'inclinai la tête.

— Je suis un collectionneur, Imogen. Un amateur de jolies choses.

Elle eut un sourire forcé.

— Vous devez être très déçu.

Manifestement, l'idée lui plaisait.

Elle ne recula pas quand j'avançai, mais son pouls battit plus vite à la base de son cou et elle écarquilla ses grands yeux d'or. Je tendis la main pour toucher ses boucles drues et flamboyantes. Elles étaient étonnamment douces entre mes doigts, comme une caresse. Et quelque chose s'embrasa en moi, avec la soudaineté d'un feu de forêt.

Si je n'avais pas été d'une honnêteté irréprochable envers moi-même, j'aurais nié l'évidence. Farouchement.

Mais j'avais bâti ma vie et ma fortune pas à pas, par une lutte acharnée contre des obstacles de toutes sortes et je devais ma réussite à une franchise brutale. Envers les autres et aussi envers moi-même, quel que soit le prix.

Je désirais cette femme.

Elle esquissa un geste comme pour écarter ma main, mais se ravisa. Elle monta d'un cran dans mon estime.

— Vous n'avez pas répondu à ma question. Vous pouvez épouser qui vous voulez. Pourquoi m'avoir choisie, moi ?

— Peut-être parce que j'aime le nom des Fitzalan et ce qu'il représente et que je n'ai eu de cesse de me hisser à sa hauteur depuis l'histoire avec votre sœur. Vous devez savoir, Imogen, que j'obtiens toujours ce que je veux.

Elle se raidit.

— On dit que vous êtes un monstre.

J'étais tellement fasciné par sa bouche pulpeuse et les

fantasmes érotiques qu'elle déclenchait que je ne perçus pas immédiatement le sens de sa remarque. Mais son expression me rappela à la réalité.

Elle ne plaisantait plus.

En fait, elle semblait avoir peur de moi.

Il est vrai que j'avais consacré la majeure partie de mon existence à cultiver la crainte que je suscitais, pour tenir les gens à distance, et surtout inspirer le respect.

Loin de moi cependant l'idée d'effrayer Imogen Fitzalan, ma future femme.

— Ceux qui me traitent de monstre sont généralement des mauvais perdants.

J'étais si près qu'elle devait sentir mon souffle sur sa joue. Pourtant, nous ne reculâmes ni l'un ni l'autre.

— On dirait que cela vous ravit, d'être redouté de tous…, fit-elle en scrutant mon expression.

— Peu importe ce que l'on pense de moi. De toute façon, nous allons nous marier, vous et moi.

— Mais je le répète, pourquoi moi ?

— Cette union vous déplaît ?

Je ne résistai pas à l'envie de prendre son menton entre le pouce et l'index. Elle se figea, mais sans tressaillir.

— On vous a préparée toute votre vie pour ce jour-là, repris-je. Quelle importance que ce soit moi ou un autre ?

— Cela ne m'est pas indifférent.

Elle s'exprimait calmement, mais avec détermination, et en même temps une émotion que je ne parvenais pas à définir.

— Vous en aimez un autre ? demandai-je, troublé malgré moi. C'est pour cela que vous vous présentez à moi avec cet esprit belliqueux ?

Je n'avais encore jamais ressenti l'instinct de possession ni la jalousie. Même à l'époque où j'avais perdu Celeste au bénéfice du vieil aristocrate qui lui tenait lieu de mari.

Pourtant, je la voulais Celeste, oui.

Mais ce n'était pas pareil. Rien n'était décidé.

Alors qu'Imogen était à moi. Il n'y avait pas à discuter. J'avais payé pour ce privilège. En tout cas, c'est ainsi que j'avais conclu l'affaire avec son père.

Lui et moi savions la vérité. J'étais riche et puissant. Rares étaient ceux qui pouvaient rivaliser. Comme j'attachais de l'importance à mon honneur, je pourvoyais aux besoins de mes sœurs et de ma mère. De cette façon, je les neutralisais. Je ne voulais pas de maillons faibles autour de moi. Je devais être inattaquable.

Autrement, je n'avais ni liens ni obligations d'aucune sorte. Je me consacrais entièrement à mes affaires et mon empire financier.

Dermot Fitzalan avait besoin de mon argent, et surtout de ma capacité à lui en faire gagner toujours plus avec facilité.

Moi, j'avais décidé depuis longtemps que j'épouserais une héritière issue d'une bonne famille, une de ces filles dont les pères conseillent les puissants sur les trônes d'Europe. Je voulais faire mes enfants avec une femme bien née, au sang bleu, afin de leur offrir la culture en plus de la fortune.

J'étais très jeune, la première fois que j'avais vu Celeste… Brut. En somme, le rustre qu'on m'accusait d'être.

Je n'avais jamais rencontré une femme comme elle, d'une beauté sans faille, parfaite.

J'avais mis plus de temps que je n'aurais dû pour percevoir la vraie nature de Celeste Fitzalan. Aujourd'hui, je n'aurais pas été dupe une seule seconde. En fait, elle avait réalisé son rêve en devenant comtesse ainsi que le souhaitait son père.

Depuis, mes aspirations s'étaient encore renforcées…

— S'il y avait quelqu'un d'autre, je ne vous le dirais sans doute pas, déclara ma fiancée rebelle et déconcertante.

— Ce serait pourtant le moment, répliquai-je d'un

ton menaçant. Demain, il sera trop tard. Je serai moins indulgent.

Elle se dégagea en maugréant.

— De toute façon, peu importe. Je m'en moque.

— Pourquoi êtes-vous venue ici ? Pour m'insulter ? Me poser des questions impertinentes ? Qu'aviez-vous en tête ?

— Je ne sais pas, avoua-t-elle.

En tout cas, elle avait allumé en moi un désir qui réclamait satisfaction.

— Moi, je sais exactement pourquoi vous êtes venue, répliquai-je en plongeant les yeux dans les siens.

Je glissai une main sous son opulente chevelure et la posai sur sa nuque pour l'attirer vers moi. Elle entrouvrit les lèvres, comme pour exprimer son étonnement. Était-elle si candide et ingénue ?

Que m'arrivait-il ? Je voulais la prendre, la posséder, m'enfouir dans ce corps si différent de ceux dont j'avais l'habitude.

En réalité, elle était déjà à moi puisque notre mariage aurait lieu le lendemain. Je n'avais qu'à faire valoir mes droits et réclamer mon dû.

Ma bouche s'empara de la sienne.

3.

Imogen

Il était en train de m'embrasser.

Le monstre m'embrassait. Et je le laissais faire.

Sa bouche meurtrissait mes lèvres cruellement. J'aurais dû me dégager, au moins essayer. Au contraire, je me hissai sur la pointe des pieds.

Comme pour m'offrir davantage…

Je rêvais de baisers depuis mon adolescence. J'avais impatiemment attendu un moment comme celui-ci. Je ne savais pas quoi espérer exactement, dureté ou douceur. Je voulais juste être emportée.

Mais rien ne m'avait préparée à ce contact avec Javier Dos Santos.

Il explora mes lèvres et se força un passage que je lui concédai. Je ne lui aurais rien refusé. J'étais prête à tout lui donner.

Je comprenais confusément ce langage muet, avec sa langue qui cherchait la mienne dans une sorte de ballet silencieux. Une chaleur intense m'envahit. En même temps, quelque chose de sauvage et d'impétueux s'éveillait en moi. Ce que j'avais pris pour de la peur quelques instants plus tôt se dissolvait en un feu liquide, un miel délicieux qui coulait dans mes veines.

Et il continuait à m'embrasser.

Ses bras robustes et musclés m'émerveillaient. Ils

m'enveloppaient en instillant dans tout mon corps une extraordinaire sensation de sécurité. Je me sentais toute petite, mais protégée.

Son torse se pressa contre ma poitrine et je sentis mes seins se gonfler et se tendre vers lui.

C'était comme une fièvre qui montait, avec des fourmillements qui couraient sur ma peau.

Il m'inclina vers l'arrière en me soutenant de son bras et je ployai sans souci de perdre l'équilibre. Je ne savais même plus si mes pieds touchaient encore le sol.

Puis, ses doigts se glissèrent sous l'ourlet de ma robe. Mon cœur s'affola et je bredouillai un murmure de protestation. Mais Javier ne s'arrêta pas et remonta le long de ma cuisse, de plus en plus haut.

Mon esprit cessa totalement de fonctionner. Mon être s'embrasa d'un désir fou, irrépressible.

La main de Javier Dos Santos n'était ni douce ni patiente, mais brutale et virile. Quand je frissonnai, il émit un petit rire contre ma bouche.

Son baiser m'enivrait, littéralement. Le sang afflua à mon visage et je fus prise d'un vertige.

Ses doigts jouèrent un instant avec le bord de ma culotte en dentelle et j'arrêtai de respirer. Avec une hardiesse déterminée, il chercha la moiteur de mon sexe. À ma surprise et ma honte, il commença à me caresser.

J'avais sa langue dans ma bouche et une exquise chaleur gagnait le haut de mes cuisses. Pourquoi avais-je jamais cru que cet homme était un monstre ?

Quoi qu'il en soit, il était redoutable et je capitulai. Mais cette reddition, loin d'être une faiblesse, me parut une force.

Les mouvements de va-et-vient continuèrent, avec la bouche ou la main, à tour de rôle ou en même temps.

Ma fébrilité montait toujours. Bientôt, je me mis à trembler. Mon corps se tendait et se raidissait en se rapprochant du point de non-retour.

Je l'aurais repoussé si j'avais pu. Mais j'en étais incapable. Je m'agrippai à sa chemise comme à une bouée de sauvetage, tandis qu'un maelström de sensations vertigineuses me happait.

Je sombrai et perdis toute lucidité sous les assauts impitoyables de Javier. Je me rendais à peine compte des sons embarrassants et inarticulés qui sortaient de ma gorge…

— Laisse-toi aller, Imogen, grogna-t-il. Maintenant.

J'obéis et explosai aussitôt, comme s'il était maître de mes réactions.

J'eus vaguement conscience qu'il s'écartait et m'asseyait au bord d'une table, derrière nous. Puis il lâcha mes bras et lissa ma robe pour la remettre en place.

Je fus presque touchée par la douceur de ce geste. Mais j'étais en proie à un violent tumulte. La tête me tournait dangereusement et j'avais du mal à respirer. Je ne comprenais pas encore ce qui venait de m'arriver.

Les battements de mon cœur finirent par se calmer et je repris mes esprits. Javier était debout devant moi, immobile, les mains dans les poches de son pantalon au pli impeccable.

Sa puissance, sa virilité souveraine, m'écrasaient. Les yeux bleus rêveurs du garçon d'écurie s'estompaient dans ma mémoire et devenaient inconsistants. C'était comme si un ouragan avait brusquement déferlé. L'atmosphère était encore lourde d'électricité.

Quelque chose de Javier s'était insinué en moi et je lui en voulais, avec une rancœur sourde.

— Tu as l'air bouleversé, *mi reina*, murmura Javier.

Je comprenais l'espagnol et pris cela pour une moquerie.

— Ton éducation serait-elle imparfaite ? Aurais-tu passé ta jeunesse enfermée dans un donjon, à l'écart du monde, préservée des tentations par un père surprotecteur ?

Pour qui me prenait-il ? On n'était plus au Moyen

Âge ! Même si j'avais grandi dans un cocon, j'avais lu des livres, regardé des films.

En tout cas, je n'avais pas envie de paraître une oie blanche à ses yeux.

— J'ai suivi ma scolarité dans un pensionnat de jeunes filles, mais je n'ai pas vécu cloîtrée.

Je soutins son regard avec un sourire piquant, le même que j'avais vu sur le visage de ma sœur un peu plus tôt.

— Ton éducation sexuelle t'a sans doute été dispensée par des religieuses en cours de biologie ?

J'imitai Celeste.

— Pense ce que tu veux.

Javier devint de marbre, glacial. Le sang battait plus fort contre mes tempes, dans ma poitrine et entre mes jambes. Je ne savais pas si c'était la peur ou autre chose, d'infiniment plus inquiétant.

En tout cas, j'aurais voulu avoir l'assurance souveraine que Celeste avait tout à l'heure, sur mon canapé. Cette absolue confiance en soi.

Parce que cela donnait du pouvoir sur les autres.

Je ne voulais plus être la petite sœur qu'on regardait avec condescendance, celle qui était moins gâtée par la nature, moins réussie. Pas ici. Pas maintenant.

Je ne voulais pas exposer ma candeur et ma naïveté devant un homme qui m'avait bouleversée, transpercée de plaisir en l'espace de quelques secondes, sans trahir lui-même la moindre émotion. Il n'était pas question que je trahisse mon innocence devant cet individu impavide, surtout s'il était convaincu d'avoir des droits sur ma virginité.

Pour une fois, songeai-je avec défi, j'avais envie d'être fière et sophistiquée.

La fille accomplie, sûre d'elle-même.

Je n'étais pas certaine de pouvoir feindre l'aisance et le naturel de ma sœur. Néanmoins, mon sourire narquois contraria visiblement Javier.

— J'ai beaucoup d'exigences sur le plan physique, Imogen. Tant mieux si je n'ai pas à me charger de ton initiation, maugréa-t-il.

En fait, il avait l'air plutôt mécontent. Je ne savais plus quoi penser.

— Je te conseille de ne pas t'attarder ! lança Javier d'une voix qui me fit frissonner. Retourne vite d'où tu viens si tu ne veux pas une démonstration en bonne et due forme de mon appétit sexuel avant la cérémonie de mariage demain matin.

Je me sentis prise à mon propre piège. Pourquoi avais-je menti ? Il ne servait à rien de fanfaronner… Je m'empourprai.

Je jouais à être Celeste, et à en juger par l'expression de Javier, je n'étais pas très convaincante. S'il posait de nouveau la main sur moi, je ne serais pas capable de donner le change.

Un désir inextinguible, dévorant, avait surgi en moi. Si intense que j'ignorais jusqu'où il pouvait me mener.

Javier m'offrait une porte de sortie. Il me fallait partir, au risque de me ridiculiser.

Je descendis de la table, en prenant garde de ne pas trahir l'émoi qui continuait à m'agiter. Mon sexe était encore sensible et je craignais que mes jambes ne me trahissent.

Je parvins néanmoins à marcher normalement.

Je contournai Javier Dos Santos comme si son contact pouvait me brûler. D'une certaine manière, il m'avait déjà marquée au fer rouge… J'avais une longue nuit devant moi pour y réfléchir.

Je sentais ses yeux arrogants vrillés dans mon dos. À chaque pas, je redoutais qu'il se saisisse de moi pour me retenir, mais il n'en fit rien. Quand j'atteignis l'escalier en colimaçon, je grimpai les marches aussi vite que me le permettaient mes jambes en coton. Mon cœur battait à tout rompre. Heureusement, Javier s'abstint de tout commentaire.

Son regard me suivit tout le long du balcon du deuxième étage, comme un poids qui m'enchaînait déjà à lui. Mais je ne me retournai pas. Je n'osai pas.

J'avais peut-être peur de redescendre, d'être happée par le puissant magnétisme qui émanait de lui. Un feu ardent menaçait de me consumer pour ne laisser de moi qu'un tas de cendres.

Quand je me glissai de nouveau derrière la tapisserie, dans le couloir de service, je n'éprouvai aucun soulagement. Javier m'accompagnait. La sensation de brûlure, partout où il m'avait touchée, ne s'estompait pas. J'étais déjà tombée dans le brasier que je redoutais et désirais tout à la fois.

En l'espace de quelques minutes imprévisibles, j'en avais appris davantage sur moi-même que pendant tout le reste de mon existence. Mais pour rien au monde, je ne l'aurais avoué à Javier Dos Santos.

J'envisageais maintenant ma nuit de noces avec les plus vives appréhensions. Ne risquais-je pas de… mourir de plaisir ?

J'exagérais de façon mélodramatique bien sûr, mais ma peur était bien réelle. Pourquoi étais-je allée voir cet homme ? Quelle sottise ! Qu'avais-je donc imaginé ? J'avais envie de plonger dans un bain chaud pour me laver et apaiser le tumulte de mes sensations. Je voulais rejoindre au plus vite le refuge de mes appartements.

Une mystérieuse intuition féminine me chuchotait que je ne serais plus jamais la même après mon mariage. Je vivais sans doute mes dernières heures de sérénité.

J'en savais presque trop et je regrettais de m'être aventurée aussi loin. J'avais découvert dans mon corps une faiblesse insondable, contre laquelle je ne pouvais rien.

Pire, j'éprouvais un désir irraisonné envers d'obscurs secrets qui m'inspiraient en même temps une peur sans nom. Et je percevais confusément que seul Javier Dos Santos saurait l'assouvir.

Je manquai de prudence et de discrétion en quittant la partie réservée aux domestiques. D'habitude, je faisais beaucoup plus attention. Je tendais l'oreille pendant quelques minutes et m'assurais qu'il n'y avait personne en vue avant de me glisser dans le vestibule.

Mais Javier m'avait troublée. Mon propre corps m'avait trahie, comme s'il ne m'appartenait plus vraiment. Malgré la distance qui nous séparait maintenant, puisque j'étais à l'autre bout du manoir, je sentais encore ses mains sur moi, l'étreinte puissante de ses bras, la pression cruelle de sa bouche…

Ce fut ma seule excuse quand je me retrouvai brusquement face à face avec mon père.

Pendant un long et terrible silence, on n'entendit que le bruit de la pluie, au-dehors.

Dermot Fitzalan n'était pas grand, ni particulièrement imposant, mais le mépris qu'il affichait pour tout ce qui n'était pas lui compensait largement son manque de charisme. Il m'en réservait d'ailleurs plus que ma part.

— Dis-moi que je n'ai pas perdu l'esprit ! railla-t-il d'un ton glaçant. Est-ce bien toi, Imogen, héritière de la fortune des Fitzalan, que je vois émerger des communs comme une vulgaire femme de chambre ?

Quelques instants plus tôt, je m'étais crue courageuse en allant affronter, sur un coup de tête, le mari que mon père m'avait choisi. J'étais même sortie vivante des griffes du monstre !

Mais devant mon père, je perdis toute contenance.

— J'ai entendu un bruit, mentis-je en invoquant le premier prétexte qui me venait à l'esprit. J'ai juste jeté un œil pour voir ce que c'était.

Mon père m'écrasa de son dédain.

— Pardon ? Ce genre de curiosité ne sied pas à une vraie *lady*. Il fallait sonner un domestique.

— Père…

Un geste me réduisit au silence.

— Tu me déçois constamment, Imogen, asséna-t-il avec une sévérité cinglante.

J'avais pourtant l'habitude de ses remarques venimeuses, mais, inexplicablement, ce jour-là j'eus l'impression de recevoir une gifle. Je devins cramoisie.

— Ton indiscipline me dépasse, ajouta-t-il comme si cela ne suffisait pas.

Il regardait mes cheveux, ces boucles désordonnées qui n'avaient jamais obéi à personne. Les religieuses, les vieilles gouvernantes, les pauvres femmes de chambre, tout le monde s'était essayé à les discipliner, avec force lotions miraculeuses et fers à lisser. Vainement.

— Tu serais presque jolie, si tu acceptais de t'arranger un peu. Et de te coiffer !

Une lueur de colère brillait dans ses yeux.

— Je ne peux rien changer à mes cheveux, Père, murmurai-je.

Ce fut une erreur. Il se déchaîna.

— Dans moins de vingt-quatre heures, ton comportement ne sera plus un problème pour moi. Un autre homme se chargera de mater ta rébellion et je lui souhaite bonne chance. Mais que ce soit bien clair, tu quitteras ma maison et ma protection comme il sied à une Fitzalan.

Je n'avais pas besoin de savoir ce qu'il voulait dire précisément. Chaque fois qu'il abordait le sujet des convenances, cela finissait mal pour moi.

Pourtant, je n'étais plus tout à fait la petite ingénue partie à la découverte de son futur mari, celle qui regardait la pluie tomber en rêvant au garçon d'écurie. Elle me semblait tout à coup très lointaine, comme si elle appartenait à une époque révolue.

Javier Dos Santos avait déjà imprimé sa marque sur moi. Indélébile.

— Vous avez une suggestion, Père ? demandai-je

avec une ironie qu'il ne manquerait pas de condamner. Je ne peux tout de même pas me raser le crâne !

Je reculai, le dos au mur. Malheureusement, je ne pouvais pas m'enfuir.

— Ne dis pas de bêtises, Imogen. Tu espères sans doute trouver plus de liberté et d'indépendance dans le mariage. En attendant, ma fille, je te conseille de réajuster ton comportement d'ici demain matin. Ton mari n'est peut-être pas issu de la noblesse, mais je t'assure qu'il exigera de toi une obéissance complète et totale. En tout.

— Je n'ai jamais…

Son sourire me coupa l'envie de poursuivre.

— Dos Santos est un être primaire, un sanguin qui règle les conflits avec des méthodes de l'âge de pierre. Je frémis à l'idée de ce que tu subiras si tu t'opposes à lui.

J'avais déjà mon opinion sur la question. Je baissai les yeux, terrifiée à la pensée d'être subitement devenue transparente.

En des moments pareils, ma mère me manquait terriblement. Elle n'aurait peut-être pas eu le courage de défier mon père, mais au moins elle m'aurait aimée sans réserve.

— Tu te tais enfin ! railla mon père. Malheureusement pour toi, cela n'arrange pas ton cas. J'ai déjà pris ma décision. Tu passeras le reste de la journée et la soirée enfermée dans tes appartements. Et n'imagine pas que tu pourras te réfugier dans les livres que tu affectionnes tant. Je vais t'envoyer un bataillon de femmes de chambre. Je me moque du temps que cela prendra, mais demain, pour la première fois de ta vie, tu feras honneur aux Fitzalan, je t'en donne ma parole. Tu seras coiffée, maquillée, manucurée et pédicurée comme il convient. Vaille que vaille, tu seras la joie et l'orgueil de cette maison.

— Ce n'est pas la peine de déployer autant d'efforts…

— Si. Je ne peux pas te faire confiance. Je n'ai jamais

compris comment une enfant née de moi, de ma chair, pouvait se négliger ainsi. Sans parler de tes cheveux, tu déambules dans cette maison comme si tu ignorais que nous avons des hôtes importants. Tu dois à nos invités la grâce et l'élégance qui sont synonymes de notre nom depuis des siècles.

Il me détailla des pieds à la tête.

— Tu as l'air aussi vulgaire que lui.

C'était la pire insulte que mon père pouvait me jeter à la tête. De toute manière, je ne lui avais jamais donné satisfaction.

Je ne prononçai plus un mot. Je me contentai de rester devant lui, immobile, en attendant la fin de l'orage.

Il rajusta ses manchettes avec une expression indignée, comme s'il craignait d'être contaminé par mon laisser-aller.

— Disparais de ma vue, ordonna-t-il comme à une enfant. Va dans ta chambre et attends les domestiques.

— Oui, Père, murmurai-je docilement.

Il m'attrapa furieusement par le bras. Il me fit mal, mais je ne protestai pas.

— Il te reste moins de vingt-quatre heures à passer dans cette maison, grogna-t-il. Conduis-toi correctement. Ne me fais pas honte, Imogen. Je t'avertis. Sinon tu t'en mordras les doigts.

À ces mots, il s'éloigna sans un regard en arrière. Je ne prenais pas ses menaces à la légère. Il était capable de m'humilier en public et personne ne s'en indignerait. Il exerçait de plein droit ses prérogatives paternelles. Ma personne ne comptait pas.

Les empreintes de mon père m'avaient meurtri le bras. Je baissai la tête pour cacher des larmes de fureur et de frustration et obéis en me dirigeant vers ma chambre.

Cependant, le sermon que mon père m'avait infligé ne produisit pas l'effet qu'il avait escompté.

Jusque-là, j'avais redouté que ce mariage ne me livre

à un monstre. En réalité, ma situation ne pouvait pas être pire qu'elle n'était déjà.

Je ne serais peut-être jamais libre, mais je serais au moins affranchie de l'autorité de mon père.

Finalement, j'étais prête à en payer le prix, dussé-je passer une soirée à me métamorphoser en jeune mariée idéale pour flatter la vanité de mon père. Cela valait la peine d'essayer.

4.

Javier

Je ne fus pas totalement surpris par l'absence de ma fiancée rougissante à l'ennuyeux cocktail que Dermot Fitzalan donna ce soir-là.

Après tout, notre mariage ne figurerait pas dans les potins mondains de la presse people et nulle photo ne serait publiée dans les magazines au papier glacé, avides de belles histoires d'amour. Notre union ne constituait pas un événement mémorable.

Il s'agissait plutôt d'un contrat dans lequel Imogen jouait un rôle accessoire. J'avais payé le prix fort pour faire désormais partie de l'élite et figurer dans l'arbre généalogique des Fitzalan, dont le nom était associé à des rois et des reines qui avaient marqué l'histoire.

— Vous êtes venu seul, Dos Santos ? me demanda un invité en parcourant ostensiblement des yeux l'assistance nombreuse. D'ordinaire, on profite de l'occasion pour rassembler les membres de sa famille.

Cet individu suffisant m'était insupportable. Je levai mon verre sans même essayer d'être poli.

— Sauf que mon mariage s'apparente plutôt à du business. Et je traite mes affaires seul.

Mon interlocuteur éclata d'un rire bruyant qui acheva de m'agacer et je le plantai là sans rien ajouter. Je traversai le salon d'apparat où se tenait le cocktail, avant un dîner qui ne manquerait pas d'être tout aussi assommant. Fitzalan avait fait les choses en grand, sans nul doute pour m'impressionner. Il voulait m'en imposer avec sa demeure historique au décor moyenâgeux, qui regorgeait de tableaux de maître et d'antiquités.

J'étais censé me sentir tout petit.

Malheureusement pour Dermot Fitzalan et son ego surdimensionné, il obtenait l'effet contraire…

Je n'arrivais pas à chasser de mon esprit les boucles cuivrées de ma fiancée irrévérencieuse.

Ma rencontre avec Imogen Fitzalan m'avait considérablement surpris. Elle tranchait avec les autres femmes qui finissaient par toutes se ressembler, pour moi en tout cas. Celles qui m'approchaient, intéressées par mon argent et ma puissance, m'offraient leur corps en échange. J'acceptais volontiers leurs propositions, en profitais quelque temps et m'empressais ensuite de les oublier.

J'avais toujours ambitionné de me marier avec une femme qui donnerait à mes enfants ce que mon argent ne pouvait pas leur procurer : le sang bleu.

Mais en attendant ce jour, rien ne m'empêchait de m'adonner aux plaisirs de la chair. J'avais une sexualité très forte, dont je ressentais les exigences en ce moment même, au milieu de ces aristocrates ternes qui exhibaient leurs épouses comme de précieuses pièces de collection.

Imogen Fitzalan ne ressemblait pas à la vierge chaste et collet monté que j'avais imaginée, et je ne me remettais pas de mon étonnement.

Je me dirigeai vers les fenêtres qui donnaient sur un sévère jardin à la française, à demi enfoui dans le brouillard. Je préférais le soleil éclatant de l'Espagne, la spontanéité généreuse de mon peuple et les sonorités de ma langue maternelle. Je buvais mon champagne à petites gorgées tout en observant les invités, des hommes qui comptaient parmi les plus riches d'Europe. Ils s'observaient avec prudence et circonspection, comme si la violence pouvait exploser à tout moment. Pourtant, ces loups n'attaquaient jamais à découvert et préféraient des méthodes plus sournoises. Ils affrontaient leurs ennemis à coups d'OPA et réglaient leurs comptes sur les marchés boursiers. Leur arme absolue, c'était l'argent.

Ils ne me faisaient pas peur. Aucun de ceux qui étaient dans ce salon n'avait créé quelque chose de ses propres mains. Moi si.

J'étais aussi le seul à savoir ce que représentait une vie sans privilèges. J'avais grandi et je m'étais construit dans l'adversité, en ne comptant que sur soi-même.

Il y avait chez ces hommes une faiblesse, une cécité, que je ne possédais pas.

Je souris en moi-même lorsque Celeste apparut au bras de l'aristocrate décrépit qu'elle m'avait préféré, le vieillard qui avait fait d'elle une comtesse…

Autrefois, sa vue m'avait rendu fou de désir.

Du moins le croyais-je. C'était plutôt l'envie qui m'animait. J'éprouvais la même convoitise devant les belles voitures ou les villas luxueuses bâties dans des sites enchanteurs. J'avais alors jeté mon dévolu sur Celeste en pensant qu'elle serait le clou de ma collection.

Ce soir, elle m'apparaissait telle qu'elle était, avec un sourire carnassier et un œil de rapace. Je ne ressentis pas la décharge d'adrénaline qui ne manquait jamais de me traverser dix ans plus tôt. Parce que j'avais vieilli ? Mon expérience m'avait plutôt appris à me méfier des nuques trop gracieuses et des jolis mensonges. J'avais peut-être aussi goûté à autre chose, d'infiniment plus prometteur que la lie amère de ce passé révolu…

Mais qui étais-je, pour porter un jugement aussi sévère et définitif ? Après tout, je poursuivais moi aussi un dessein dicté par la seule ambition personnelle.

La soirée qui se profilait m'ennuyait déjà prodigieusement. Elle aurait pu se dérouler dans n'importe quelle ville de n'importe quel continent. Les gens auraient été les mêmes et auraient tenu les mêmes conversations. Il s'agissait avant tout de prouver qu'on était le plus fort, d'une manière ou d'une autre. C'était la même chose partout. J'avais aussi connu ce genre de compétition dans les quartiers difficiles de ma jeunesse. On y affichait davantage sa force physique, à grand renfort de testostérone, mais ce n'était guère différent ici, sous le vernis des bonnes manières et malgré les beaux habits. J'avais gagné mon premier million après avoir compris cela.

L'image d'Imogen flottait sans cesse dans mon esprit, avec sa bouche rouge framboise et la douceur satinée de sa peau. J'avais goûté son odeur intime sur mes doigts, pendant qu'elle reprenait ses esprits, assise sur le bord de la table. Ce souvenir reléguait tout le reste à l'arrière-plan.

J'avais complètement oublié Celeste quand elle surgit devant moi avec un sourire équivoque, comme si nous partagions quelque secret honteux. C'était pour le moins bizarre, parce que nous ne nous étions pas revus depuis de longues années.

Et que notre dernière rencontre s'était très mal terminée. Elle s'était montrée piètre comédienne avec des sanglots d'opérette, tandis que son père la menaçait des pires représailles et que je jurais secrètement de me venger.

Rétrospectivement, j'avais honte pour nous trois.

— Comment te sens-tu ? demanda-t-elle de sa voix un peu rauque qui contrastait avec sa blondeur douce et suave.

Elle jouait à la perfection de ses contradictions, soufflant alternativement le chaud et le froid, la passion et l'indifférence. Telle était Celeste.

Je la dévisageai sans ménagement.

— Tu te soucies vraiment de ce que je ressens ? Permets-moi d'en douter.

Elle éclata de son rire cristallin qu'elle savait si séduisant, comme si j'avais dit quelque chose de drôle.

— Allons, Javier, ne fais pas l'idiot.

— Je n'ai jamais fait l'idiot et je ne vais pas commencer aujourd'hui.

Avec toi, aurais-je pu ajouter.

— Toi et moi, nous connaissons les règles du jeu, répliqua-t-elle d'un air entendu. Nous avons l'intelligence de les respecter quoi qu'il nous en coûte. Je te félicite d'avoir si bien manœuvré avec la pauvre petite Imogen. Ce sera merveilleusement facile, à partir de maintenant.

— Je ne vois pas de quoi tu parles.

— Tu as eu la sagesse de te montrer patient, poursuivit-elle gaiement sans se soucier de la sécheresse de mon interruption. Le comte, d'une lignée irréprochable, n'aurait pas souffert la moindre tache sur sa descendance, même le plus infime soupçon. Mais j'ai accompli mon devoir. Je lui ai donné des enfants parfaits, dont la naissance ne saurait être ternie par l'ombre du plus petit scandale. Il ne s'inquiétera plus de ma conduite.

Je la fixai, si insolemment que son sourire vacilla sur ses lèvres.

— Tu n'imagines tout de même pas conserver le moindre attrait à mes yeux ?

Elle encaissa le coup. Autour de nous, on nous observait avec intérêt. Nul n'ignorait ce qui était arrivé dix ans plus tôt.

— As-tu une si haute opinion de ta personne ? Tu me crois capable de mettre en œuvre un stratagème aussi ridicule ? En épouser une autre pour le plaisir douteux de me rapprocher de toi ? C'est le nom des Fitzalan qui m'intéresse, Celeste, pas toi. À cause du rôle qu'ils ont joué dans l'histoire. Tu as cessé de m'intéresser lorsque tu as pris ta décision, il y a dix ans.

Mais Celeste retournait toujours à son avantage toutes les situations, même les plus défavorables. La lueur d'incrédulité qui s'alluma dans son regard s'éteignit presque aussitôt.

De nouveau, je fus agressé par ce rire qui m'avait hanté longtemps à l'époque où j'avais été éconduit. Non parce qu'il me manquait, mais parce qu'il symbolisait mon humiliation, l'un de mes rares échecs.

— À ta guise, Javier, murmura-t-elle de sa voix de gorge. Joue la comédie si ton orgueil l'exige. Mais toi et moi connaissons la vérité.

Elle eut la sagesse de ne pas attendre ma réponse.

Mais lorsqu'un peu plus tard, on annonça que le dîner était servi, j'allai informer Dermot Fitzalan que je ne m'assoirais pas à sa table.

— Pardon ?

Son ton guindé ne réussit pas à masquer combien il était scandalisé.

— Vous êtes l'invité d'honneur, Dos Santos, cela n'a pas pu vous échapper, ajouta-t-il avec un air supérieur.

Je me forçai à sourire.

— Je pense que vous serez mieux entre vous et que vous vous divertirez davantage à parler de moi plutôt qu'avec moi.

Je me contentai de hausser les sourcils quand il proféra un juron, et tournai les talons sans attendre, en sachant pertinemment que ce nouvel affront le vexait encore davantage.

Je quittai la réception sans autre incident, sans trop savoir où mes pas me portaient. Une grande confusion régnait dans mes pensées. J'avais du mal à comprendre quelle place Imogen occupait chez les Fitzalan. Elle me semblait très différente de son père et de sa sœur.

Je songeai aussi à ma propre famille, qu'il ne m'était pas venu à l'esprit d'inviter pour assister au spectacle de ma réussite.

Ma mère, qui n'avait jamais pris goût à la nouvelle vie que je lui offrais, se méfiait du marché que nous avions conclu. J'acceptais de subvenir à tous ses besoins à condition qu'elle rompe définitivement avec ses mauvaises habitudes. Plus de drogue et plus d'alcool.

— Pourquoi avoir choisi une femme comme elle ? m'avait-elle demandé lors de ma dernière visite.

Je m'astreignais à la voir une fois par mois, pour m'assurer que ni elle ni mes sœurs ne replongeaient dans l'addiction. Je leur versais des pensions généreuses tant qu'elles ne s'écartaient pas de leur nouvelle ligne de conduite. Mais j'avais clairement fixé les limites.

Elles avaient refusé catégoriquement de quitter Madrid. Je les avais néanmoins persuadées de déménager pour s'éloigner d'un voisinage épouvantable, après l'assassinat de mon père par un trafiquant rival. J'avais déjà rompu depuis des années toute relation avec lui, parce qu'il refusait de mettre un terme à ses activités criminelles.

Ma mère et mes sœurs n'avaient pas abandonné de bonne grâce leurs mœurs déplorables, mais mon argent avait fini par les convaincre. Ce qui ne signifiait pas pour autant qu'elles me portaient dans leur cœur…

— Imogen Fitzalan est un symbole, avais-je expliqué à ma mère. Un trophée, si tu préfères.

— Avec la fortune que tu possèdes, je ne vois pas pourquoi tu attaches autant d'importance au prestige et à ce que pensent les gens.

Ma mère se méfiait des classes sociales supérieures. Curieusement, malgré les périls qu'avait courus mon père dans ses activités illicites, elle faisait davantage confiance à la loi de la rue qu'aux institutions.

Tout comme elle se fiait plus aux truands qui y régnaient en maîtres qu'à son propre fils.

— Mes enfants seront des aristocrates, avais-je déclaré. Ils ne se heurteront jamais à des portes fermées.

Ma mère avait grogné sa désapprobation avec une moue de dédain.

Contrairement à elle, mes sœurs m'avaient félicité

pour mon ambition. Sans doute espéraient-elles gagner par la flatterie quelques avantages supplémentaires.

— Ce sera comme si nous étions anoblis ! s'était écriée Noellia.

— C'est aussi beau qu'un conte de fées, avait renchéri Mariana.

Elles avaient pris goût à mon argent et se montraient d'une avidité insatiable. Comme elles en voulaient toujours plus, elles ne manifestaient jamais leur désaccord, sur aucun sujet. Elles avaient trop peur de retomber dans les bas-fonds d'où nous venions.

Et dont je m'étais extirpé en les tirant derrière moi.

J'avais conclu le même marché avec les trois. Je les entretenais généreusement tant que leurs agissements ne me causaient aucun embarras et ne perturbaient pas l'existence que je m'étais construite.

Nous n'avions jamais formé une famille unie. Mon père s'était servi de nous de diverses manières, en nous rendant complices de ses agissements. Il nous avait salis par ses manigances et ses mensonges.

Pire, en nous obligeant à participer à son infâme trafic. J'avais honte du milieu où j'avais vu le jour.

Comment aurais-je eu envie d'inviter ma mère et mes sœurs à un événement qui rassemblait tous les puissants du continent européen ? Je ne pouvais pas me permettre de donner prise à la critique. Mes adversaires en auraient profité pour affaiblir ma position dans les affaires et fragiliser mon empire financier.

J'errai longtemps dans le vaste manoir des Fitzalan avant de me retrouver dans la bibliothèque, faiblement éclairée. Elle était surmontée par un dôme de verre sur lequel tambourinait une pluie insistante. Pour me changer les idées, j'examinai les livres alignés jusqu'au plafond sur les étagères. La plupart des titres et des auteurs n'évoquaient rien pour moi.

Je n'étais pas un homme très cultivé. Avec les tâches

qui m'avaient accaparé, je n'avais pas eu le loisir de me perdre dans les livres. Pourtant, j'avais toujours eu soif de connaissance. Le savoir me semblait aussi précieux que l'intelligence ou les compétences que j'avais acquises dans les réunions et les conseils d'administration.

À une époque, j'aurais consenti n'importe quel sacrifice pour me plonger dans des ouvrages que des hommes comme Dermot Fitzalan avaient étudiés à contrecœur dans leur jeunesse. Même s'ils s'étaient empressés d'en oublier le contenu, ils en conservaient une supériorité dont ils écrasaient mes semblables.

Ces gens soi-disant bien éduqués, assis en ce moment même dans la salle à manger, se moquaient sans doute de mes manières frustes et grossières. Ils élevaient des monuments à la gloire de la culture, telle cette bibliothèque, mais ne devaient pas y passer beaucoup de temps. Ils avaient tout le savoir à leur disposition, mais non la disponibilité pour en profiter et y prendre plaisir.

Moi, en revanche, j'avais un souvenir très vif de la première bibliothèque où j'étais entré lorsque j'étais enfant. Si nous ne manquions de rien matériellement, grâce aux activités illicites de mon père, nous vivions dans un grand dénuement culturel. On ne m'avait jamais raconté d'histoires, ni emmené au musée ou au cinéma. Tout ce que je savais, je l'avais conquis de haute lutte en me battant contre l'ignorance, et souvent sans l'aide de mes professeurs. Dans les établissements que je fréquentais, la plupart du temps des institutions spécialisées pour des publics difficiles, le niveau de l'enseignement était affligeant. Je chérissais comme un trésor inestimable toutes les connaissances que je pouvais glaner dans ces tristes endroits.

La bibliothèque de mon école primaire était nulle. Je m'en rendais compte avec le recul. Mais j'avais été impressionné, subjugué, par le nombre de livres qu'elle contenait. Je n'avais pas tout de suite compris que je pouvais choisir n'importe lequel pour l'emporter et le lire ailleurs quand je voudrais. Pour moi, c'était un luxe inouï…

Revenant brusquement au moment présent, je sortis un volume à la reliure en cuir, avec de belles lettres dorées et le soupesai dans ma main avant de le feuilleter distraitement.

Puis, je le reposai et m'approchai de la grande table en acajou qui trônait au milieu de la pièce. Trois piles de livres y étaient disposées, classées par genre. Romans, essais et poésie.

— Puis-je vous aider, monsieur ? demanda une voix déférente.

Je levai la tête et aperçus un domestique debout sur le seuil, qui avait l'air de s'excuser. Même si j'avais acquis l'habitude d'être servi, l'obséquiosité me gênait toujours.

— Je jette un coup d'œil à la bibliothèque, répondis-je d'un ton qui me parut désagréablement arrogant, comme si les hommes que je venais de quitter m'avaient contaminé. Mais c'est peut-être un lieu strictement privé ?

— Pas du tout, monsieur. La collection des Fitzalan est assez importante et remonte à une date très ancienne, lorsque la famille s'est installée dans la région. Naturellement, les textes les plus anciens sont protégés, dans les vitrines que vous voyez là-bas…

Il avait l'air d'avoir appris son discours par cœur, comme pour une visite guidée. Je tapotai du bout du doigt la pile la plus proche.

— Qu'est-ce que c'est ?

Si l'homme fut surpris d'être interrompu, il n'en manifesta pas le moindre signe et se contenta d'incliner la tête.

— Une sélection de livres que Mlle Imogen souhaite emporter…

Il se gratta la gorge.

— Dans sa nouvelle vie.

Sa nouvelle vie avec moi…

Le domestique ressortit peu après et je me dis qu'il était temps pour moi de regagner mes appartements. Ma place n'était pas ici.

Néanmoins, je ne me résolus pas à bouger tout de suite. Tout en fixant les piles d'ouvrages, j'eus de nouveau le goût d'Imogen sur les lèvres.

Et son image dansa devant mes yeux. Dans une sorte de tourbillon sauvage, ma Don Quichotte féminine aux cheveux roux s'élançait à l'assaut de moulins à vent.

Si j'avais épousé Celeste dix ans plus tôt, elle ne serait certainement pas venue à moi avec de la lecture. J'en avais l'intime conviction.

Je savais aussi qu'Imogen avait passé beaucoup de temps ici, plongée dans les livres. Mais je ne comprenais pas pourquoi cela me troublait autant.

Je pris un recueil de poèmes qui s'ouvrit tout seul, à une page souvent consultée. Quelqu'un avait même souligné deux vers à l'encre bleue, de deux traits.

Car il n'est aucun lieu
Ici, qui ne te voie. Tu dois changer de vie.

Une chaleur étrange m'envahit.

Quand je regagnai ma chambre, je me sentais infiniment plus intrigué par le contrat conclu avec Dermot Fitzalan qu'à mon arrivée.

En décidant d'épouser une Fitzalan, je n'avais jamais douté d'atteindre mon but. J'obtenais toujours ce que je voulais. J'avais huit ans lorsque j'avais résolu de me sortir de l'infâme environnement où j'avais grandi, et j'avais mis tout en œuvre pour réussir. Il m'avait parfois fallu mentir et tricher, user des mêmes stratagèmes qu'employaient ceux qui m'entouraient, mais j'avais victorieusement triomphé de mes humbles origines.

J'avais attendu dix ans pour faire plier Dermot Fitzalan, sans jamais relâcher mes efforts.

J'étais à la veille de concrétiser mon ambition en faisant miennes la noblesse et le faste aristocratique qui me fascinaient.

Mais ce n'était pas tout. Maintenant, je voulais aussi conquérir Imogen.

5.

Imogen

J'ignorais comment se déroulaient les cérémonies nuptiales dans le monde ordinaire, celui où les gens choisissaient eux-mêmes leurs conjoints. En tout cas, je n'eus pas droit au festival d'émotions et de sourires attendris qui s'affichaient dans les reportages de blogs ou de magazines. Et mon père ne m'avait pas autorisée à assister au mariage de mes amies de pension. Il préférait la discrétion et le bon goût distingué aux fêtes tapageuses.

En fait, je ne m'attendais pas à grand-chose.

Après une longue soirée de préparatifs et une matinée non moins éprouvante, je fus présentée à l'approbation de mon père. On m'avait chouchoutée et dorlotée pendant des heures. Si c'était le prix à payer pour être coquette et présentable, je n'étais pas prête à renouveler l'expérience…

Assis à la table du petit déjeuner, mon père daigna délaisser la lecture de son journal pour me considérer avec attention.

Son examen dura une éternité.

Les personnes aux soins desquelles on m'avait confiée s'étaient magnifiquement acquittées de leur tâche. J'avais été massée, gommée, hydratée, parfumée… Mes cheveux, surtout, avaient subi une métamorphose quasi miraculeuse. On les avait lissés et défrisés avec un produit spécial. Une seule opération n'ayant pas suffi, on avait recommencé après un séchage et un brossage vigoureux. J'en avais mal au cuir chevelu. Ensuite, un coiffeur talentueux avait élaboré un chignon à l'élégance sophistiquée.

Je me sentais épuisée.

— J'aurais dû te prendre en main il y a des années, remarqua mon père d'une voix acide. Pourquoi as-tu constamment offensé ma vue avec ton négligé insupportable alors qu'il était possible de t'arranger un peu ?

Ce n'était pas une vraie question et je baissai la tête sans mot dire. Les bleus qu'il m'avait infligés la veille sur le bras m'exhortaient à garder le silence. Mais quand il haussa un sourcil interrogateur, je bredouillai une réponse vague.

— Vous n'imaginez pas combien de temps cela a pris, Père…

— La réputation et l'honneur de ta famille valent bien quelques efforts, non ? Malheureusement, tu n'as pas jugé bon jusqu'ici de me faire plaisir.

Il me congédia d'un geste et s'adressa à la femme de chambre.

— Veillez à ce qu'elle ne se décoiffe pas avant la cérémonie. Qu'elle reste en place et ne s'agite pas pour une fois, c'est compris ?

— Oui, monsieur, répondit la bonne docilement.

Ce fut la seule recommandation que m'adressa mon père le jour de mon mariage. Et encore, par personne interposée…

On me raccompagna à mes appartements. Une armée de domestiques s'occupa d'emballer mes affaires pendant qu'on m'habillait. Mon père avait dû payer ma robe une fortune. Cela flattait sans doute son ego.

Javier avait sans doute lui aussi dépensé des sommes folles. Autant lui en donner pour son argent ! Tout n'était qu'une question d'apparence. Personne ne se souciait de savoir si j'étais heureuse. Mais il fallait sauver la face et avoir l'air d'une vraie Fitzalan, élégante et raffinée jusqu'au bout des ongles, pour rendre hommage au sang qui coulait dans mes veines.

On chuchoterait peut-être dans mon dos que je m'abaissais, en me mariant au-dessous de mon rang. Certains écraseraient Javier de leur supériorité et feraient des gorges chaudes, car on ne pouvait pas réellement acheter la classe ni la noblesse. D'aucuns iraient jusqu'à me plaindre pour le sacrifice que je faisais.

Mais si j'osais manifester la moindre appréhension, ils s'en prendraient tous à moi comme les chacals qu'ils étaient vraiment.

Une fois enveloppée de mètres de dentelle et de tulle, et parée de bijoux précieux qui proclamaient la primauté et le bon goût de mon père, on m'assit sur une chaise au pied de mon lit en m'ordonnant de ne plus bouger.

Celeste arriva sur ces entrefaites. Mon père n'avait pas voulu de demoiselles d'honneur, ce dont je lui en voulais car il m'avait toujours empêchée de cultiver les amitiés que j'avais liées pendant mes études. Heureusement que Celeste était là. Finalement, elle remplissait un peu tous ces rôles.

Je soupirai de lassitude tout en gardant la pose, très raide, de peur de froisser ma toilette ou de me décoiffer. Encore plus belle qu'à l'ordinaire, ma sœur portait une robe couleur ivoire qui rehaussait sa blondeur.

— C'est moi la mariée, mais c'est toi qui vas attirer tous les regards, fis-je remarquer.

Elle eut un sourire affecté.

— Tu as excité la curiosité des invités, hier soir. Pourquoi n'as-tu pas dîné avec tout le monde ? Quel besoin de te cacher et faire des mystères la veille de ton mariage ? Que faisais-tu ? Tu réfléchissais encore ? J'espère que tu n'es pas dans les mêmes dispositions qu'hier.

— Père m'a imposé des soins d'esthétique, un relooking complet.

Je tendis la main pour lui montrer mes ongles. Je n'en étais pas à ma première manucure, bien sûr, mais cette fois-ci on m'avait carrément posé des faux ongles, assez longs pour rivaliser avec ceux de Celeste.

— Je n'imaginais pas que c'était aussi fastidieux de se faire belle, ajoutai-je.

— Tu n'aurais pas voulu avoir l'air d'un garçon manqué le jour de ton mariage, Imogen ! lança ma sœur avec ce rire aigu qui sonnait curieusement faux à mes oreilles.

J'avais l'impression d'être devenue une poupée de chiffon. Ou de porcelaine, plutôt.

— Mais ne t'inquiète pas, poursuivit-elle. Tu es la même. Un peu d'apprêts et de maquillage ne vont pas te métamorphoser d'un coup de baguette magique.

Cette remarque, qui aurait dû me faire sourire, m'agaça et accrut ma nervosité. Pourquoi Celeste était-elle si cassante ? Elle n'arrivait même plus à être aimable avec moi.

L'angoisse me nouait la gorge.

Mais je m'abstins de faire le moindre commentaire et me levai docilement lorsqu'elle me fit signe. Je n'avais qu'une sœur et je n'avais pas envie de me disputer avec la seule personne dont j'étais un peu proche.

— Tu as vu mon fiancé ? Il a peut-être changé d'avis, plaisantai-je lorsqu'elle glissa un bras sous le mien pour me conduire vers mon destin.

Elle me lança un regard… bizarre, que je ne sus pas interpréter.

— Tu dois savoir une chose, à propos de Javier, Imogen. Il ne change jamais d'avis. Une fois qu'il s'est fixé un but, il s'y attache avec une détermination sans faille, contre vents et marées.

Sa sévérité inhabituelle me choqua, mais je ne posai pas de question. La façon brutale dont elle s'adressait à moi me déstabilisait totalement. En même temps, sa sécheresse et sa rigidité me réduisaient au silence. Je n'avais aucune envie de l'affronter.

De plus, les sensations que Javier avait éveillées en moi ne s'étaient pas dissipées. J'en avais encore les jambes vacillantes. La scène de la veille, qui m'avait bouleversée, n'avait pourtant provoqué aucune émotion en lui. Apparemment, en tout cas. Comment était-ce possible ?

Percevant sans doute mon malaise, Celeste se radoucit un peu, mais d'une manière forcée qui ne me convainquit pas. Ses efforts étaient trop visibles. Décidément, je ne comprenais rien à son comportement.

Notre père nous attendait en bas du grand escalier. Il me jeta un regard critique et approuva d'un bref signe de tête.

— Dépêchons-nous pendant que tu es encore présentable, ironisa-t-il.

Et, sans plus s'inquiéter de mon état d'esprit en cet événement capital, il ordonna au valet d'ouvrir les portes du grand salon et me mena au centre.

J'avais rêvé de cet instant. De *mon* mariage. J'avais passé de longues heures à imaginer ce que je ferais, ce que je ressentirais. Même si le devoir filial me dictait une stricte obéissance, j'espérais un peu de magie pour ce nouveau tournant de mon existence.

Mais il n'y avait rien de *magique* dans l'assemblée qui s'offrait à mes yeux. Des hommes imbus de leur personne exhibaient des épouses élégantes et décoratives, tels des trophées. Dans un autre contexte, je n'aurais peut-être pas reconnu les membres de la famille élargie qui se pressaient là en me dévisageant avec curiosité. Mes cousins et cousines semblaient bouder, comme s'ils me reprochaient de leur voler la vedette en me mariant la première.

Si seulement ma mère avait été en vie… J'essayais de l'imaginer cachée dans un coin, mais ravie et rayonnante…

Pour égayer l'atmosphère, horriblement terne. Sans doute étais-je incorrigiblement naïve. Ma belle robe blanche ne m'avait pas transformée en mariée de conte de fées. La mine morose, les gens ne jouaient même pas le jeu.

Ils avaient l'air d'assister à un spectacle ennuyeux. Finalement, on aurait très bien pu se passer de la cérémonie. Il aurait suffi de signer quelques papiers chez le notaire. J'aurais été débarrassée de cette corvée en quelques minutes.

Je faisais de mon mieux pour ne pas trahir mes pensées importunes, lorsque mon regard glissa vers celui qui m'attendait au bout de l'allée ménagée entre les tables.

Soudain, ce fut comme si tout le reste disparaissait, purement et simplement.

La vue de cet homme me ravageait. Ce fut encore pire que la veille. Instantanément, mes seins s'alourdirent et des picotements coururent sur mon ventre, en haut des cuisses.

Il s'en aperçut.

Je le sus intuitivement.

Javier me regarda approcher comme si je lui appartenais déjà. Comme si la cérémonie qui allait s'accomplir n'était qu'une formalité. Inévitable, certes, mais sans réelle importance.

Une petite musique s'éleva en moi, une chanson douce.

J'oubliai la foule des snobs et des curieux que je n'aurais jamais invités s'il n'avait tenu qu'à moi. J'oubliai aussi l'étrange attitude de ma sœur, dont j'avais espéré un peu plus de soutien et d'affection. J'oubliai même mon père, qui me serrait le bras comme s'il avait peur que je lui échappe.

Plus rien ne comptait plus, alors que Javier me fixait

avec cette expression attentive. Il donnait l'impression d'avoir tout prévu, tout organisé, jusqu'à la robe que je portais, parce que tel était son bon vouloir.

Et je ne pouvais que m'y soumettre.

Inexplicablement, cette pensée me chavira. Je frissonnai jusqu'au tréfonds, dans des endroits dont je ne soupçonnais même pas l'existence.

Je n'avais jamais voulu obéir à personne, même lorsque je n'avais pas le choix, comme avec mon père ou les religieuses. J'avais toujours l'impression d'avoir des gardiens de prison en face de moi. Alors que le léger sourire de Javier, et la lueur qui brillait dans ses yeux noirs, me persuadait en silence de capituler.

Mystérieusement, je ne doutais pas de recevoir en retour une récompense inestimable.

Quand nous arrivâmes au bout de l'allée, mon père me remit entre les mains de Javier.

Telle est ma destinée, songeai-je quand ses doigts se refermèrent sur les miens.

On me livrait à un monstre dont l'apparente dureté cachait peut-être un homme doué de sensibilité et de raison. Du moins je l'espérais.

Un homme que je sentirais bientôt à l'intérieur de mon corps, avant que se lève une aube nouvelle.

J'entendis à peine un mot de la cérémonie. Je répondis machinalement aux paroles du prêtre qui prononça les formules consacrées.

Tout était teinté d'irréalité. Jusqu'au moment où Javier glissa l'anneau d'or à mon doigt.

— Vous pouvez embrasser la mariée, déclara l'officiant.

Javier m'attira à lui avec la même assurance qui m'avait déjà subjuguée et se pencha vers moi…

Une vague de panique me submergea.

Allais-je me mettre à trembler comme la veille ? Devant tout le monde ? Me donner en spectacle et faire honte à mon père ?

Je frémis à cette idée et Javier sourit d'un air amusé.

— Sois forte, Imogen, commanda-t-il. Bientôt, tu quitteras cette maison et tu seras entièrement à moi.

— Ce n'est pas vraiment rassurant, murmurai-je.

Il prit ma bouche avec une dureté sans merci qui me laissa sans force, les jambes flageolantes. Il se moquait éperdument du regard des autres.

Lorsqu'il releva la tête, il arborait une expression franchement satisfaite.

Ce sourire mâle fut le souvenir le plus vif que je conservais, tandis que l'assistance applaudissait mollement.

Javier ne me quitta pas d'un pouce quand les domestiques commencèrent à s'affairer pour servir le lunch. J'aurais eu besoin d'un peu de répit pour me ressaisir, mais il resta implacablement à mes côtés, si près que je sentais la tiédeur de son corps.

— Tu as faim ? me demanda-t-il tout à coup.

Surprise par cette question inattendue, je risquai un coup d'œil vers son profil d'aigle, sombre et direct. Il pinçait les lèvres d'un air sévère, intransigeant.

— Non, dis-je faiblement. Pas du tout.

— Alors je ne vois aucune raison de participer à ce cirque.

Je ne compris pas immédiatement le sens de ses paroles, à cause de son bras qui m'enveloppa la taille. Un instant, j'eus l'impression de flotter… ou de voler. Un bourdonnement sourd résonna à mes tempes et la rougeur me monta au front. J'avais peur d'être transparente et de trahir le trouble qui m'envahissait.

Mais je revins à la réalité avec un sursaut quand Javier me conduisit devant mon père. Il s'adressa à lui avec une brusquerie à peine polie, alors que Dermot Fitzalan avait plutôt l'habitude de démonstrations d'obséquiosité. Mais l'homme que je venais d'épouser ne s'embarrassait manifestement pas de formalités.

— Fitzalan, le moment est venu de dire au revoir à votre fille.

Mon père le toisa avec hauteur avant de se tourner vers moi.

Je tressaillis, mais pas Javier.

— Je crains de ne pas vous suivre, dit mon père d'un ton consterné, comme si on lui infligeait un camouflet inconcevable.

J'aurais dû expliquer à Javier que le redoutable patriarche n'avait pratiquement aucune relation avec sa fille cadette et se souciait fort peu de lui faire ses adieux. Il se serait à peine rendu compte de mon absence, si nous nous étions esquivés sans rien dire.

Je restai muette. Obnubilée par le contact de Javier, j'étais incapable de proférer un son.

Je me détournai de l'épreuve de force qui semblait se dérouler entre les deux hommes, comme si chacun d'eux cherchait à marquer sa supériorité virile. À ce moment-là, Celeste accrocha mon regard. Assise à côté de son mari, elle ne prêtait aucune attention à la conversation que le comte entretenait avec de vieux messieurs, d'un âge aussi avancé que le sien.

L'expression de ma sœur me frappa. Elle était…

Amère.

Et elle regardait Javier, intensément.

Je n'eus pas le temps de m'appesantir sur cette idée, parce que Javier m'entraîna à ce moment-là vers la sortie, sans guère me laisser le choix.

— Nous partons vraiment ? questionnai-je, le souffle coupé. Sans assister à notre repas de mariage ?

— Oui.

— C'est possible ?

Nous avions déjà franchi le seuil du salon. Javier s'immobilisa un instant dans le grand hall qui avait accueilli la fine fleur de l'aristocratie européenne.

J'avais les paumes moites et les joues cramoisies. Cet

homme que je venais d'épouser me fascinait au plus haut point. L'air se chargea d'électricité, comme avant un violent orage.

— Écoute-moi bien, Imogen, me dit-il gravement. À présent, tu es ma femme. Comprends-tu ce que cela signifie ?

Mon cœur se mit à battre la chamade.

— Je crois, oui.

— Je n'en suis pas persuadé.

Il tendit la main avec une grimace, pour toucher du bout du doigt mon chignon impeccable, raide de laque.

— Qu'as-tu fait à tes cheveux ? Je te préfère avec tes boucles au naturel.

Je cillai. Personne n'aimait ma chevelure indisciplinée. Pas même moi.

Surtout pas moi.

— Mon père a insisté pour que je sois parfaite aujourd'hui, déclarai-je en dépit de ma confusion. Il a une idée très précise de l'apparence qui sied à une héritière Fitzalan.

Javier me prit la main et fixa longuement l'alliance qu'il avait passée à mon doigt. Puis il regarda les marques, sur mon bras, que la maquilleuse avait fait son possible pour dissimuler. Visiblement, elles ne lui avaient pas échappé.

Il pinça les lèvres avec une sévérité qui me remplit d'appréhension.

— Ta nouvelle vie commence maintenant, déclara-t-il avec rudesse. Dorénavant, tu n'es plus une Fitzalan, mais une Dos Santos. Tu n'as plus à te préoccuper des mesquineries de l'homme qui t'a élevée. Ses goûts, sa volonté, sa permission, tout cela n'a plus aucune importance. C'est la même chose pour le reste de tes obligations. Plus personne n'a le droit de dicter ta conduite. Tu n'as même plus besoin de te soucier des lois et des convenances. Maintenant, tu es au-dessus de tout cela.

6.

Javier

J'avais vraiment hâte de quitter ce tas de vieilles pierres et ses habitants guindés et suffisants.

Si je m'étais montré plus accommodant, nous aurions assisté à un interminable repas de noces. J'aurais délibérément ignoré les commentaires snobs ou désagréables qui n'auraient pas manqué de me viser et j'aurais fait semblant de ne pas remarquer la façon dont Celeste me regardait. Croyait-elle vraiment que j'aurais gâché toutes ces années à attendre quelque chose qu'elle m'avait refusé ?

Mais je ne voyais pas l'utilité de jouer cette comédie. J'avais déjà obtenu ce que je voulais.

J'avais déjà gagné.

J'avais passé la bague au doigt à une héritière Fitzalan, ainsi que je l'avais prédit à Dermot Fitzalan.

J'avais gagné.

J'étais choqué de voir des marques bleues sur le bras d'Imogen. Il me déplaisait que son père ait porté la main sur ma propriété, même si cela ne me surprenait pas. Les gens imbus de leur pouvoir en abusaient souvent. Néanmoins, je contenais ma rage. Si j'y donnais libre cours maintenant,. je risquais de ne pas maîtriser ma violence.

Autre chose, cependant, m'étonnait. Imogen avait

l'instar de mon père. Ils succombaient de mort violente, victimes des circonstances ou de leur propre avidité, à cause du trafic de drogue.

— Quel endroit superbe ! s'écria ma jeune épouse, radieuse, sans soupçonner l'effet qu'elle produisait sur moi. Tu viens souvent ici ?

— La Angelita est ma résidence principale.

— Tu veux dire ta maison.

C'était un mot que je prononçais rarement. Il s'y attachait trop de sentiments.

— Oui, c'est ce que j'ai dit.

Son sourire s'épanouit, ce qui accentua encore ma fébrilité.

Avant même d'arriver à la villa, perchée sur le point culminant de l'île pour profiter de la vue, je fus certain d'avoir commis une terrible erreur. J'aurais dû emmener Imogen à Barcelone comme prévu. Il n'y avait rien de *moi* dans cet appartement impersonnel. Je possédais des propriétés dans toutes les grandes villes du globe, plus quelques-unes bien cachées, dans des endroits retirés, à l'abri du monde. J'avais un cabanon sur une plage, au Nicaragua, un bungalow dans la forêt primaire d'Ouganda, une oasis spectaculaire à Dubaï.

En tout cas, je n'aurais jamais dû l'amener *ici*.

J'en fus totalement convaincu quand je garai le 4x4 dans l'allée et qu'Imogen se tourna vers moi les yeux brillants, comme si je lui offrais un somptueux cadeau.

— C'est *merveilleux*. Je ne sais pas pourquoi, je me représentais une maison sinistre, un peu comme le manoir de mon père. Un endroit froid et austère, sous un climat gris et pluvieux, où je m'ennuierais à mourir en me posant toutes sortes de questions sur le mariage. C'est déjà beaucoup mieux que ce que j'avais imaginé.

— Que cela ne t'empêche pas de réfléchir ! plaisantai-je.

Elle continua à sourire.

— Sous le soleil, ce ne sera sû

J'entamai une tirade sévère qui me surprit moi-même, comme si le rôle qu'avait tenu son père m'était désormais échu.

— J'ignore à quoi tu as l'habitude de passer tes journées, mais il y a une chose que tu dois savoir, Imogen, au moment de commencer ta nouvelle vie. Je ne suis pas un homme oisif, comme ceux qui vivent en parasites sans jamais lever le petit doigt parce qu'il leur suffit de récolter les dividendes des placements familiaux. Je gagne ma vie en travaillant. Je l'ai toujours fait et il en sera toujours ainsi.

Sans paraître le moins du monde offensée, elle me considéra songeusement.

— Cela signifie-t-il que je dois travailler également ?

Je fronçai les sourcils.

— Certainement pas.

— C'est dommage. J'en ai toujours eu envie.

Je m'esclaffai avec une ironie mordante. J'avais conscience de lui parler trop durement. Elle ne méritait pas cela. Mais elle ne réagit pas, comme si elle avait l'habitude d'être traitée ainsi. Cela me déplaisait, mais je ne m'arrêtai pas pour autant.

— Laisse-moi deviner ! Tu rêves de rentrer à l'usine ? De te casser les reins au-dessus d'une chaîne de montage ? Ou dans une conserverie, à effectuer des tâches mortellement ennuyeuses et répétitives, heure après heure, jour après jour. À moins que tu ne préfères travailler dans les champs ? Quoique cultiver la terre ne soit pas non plus de tout repos. Sinon, il y a toujours le plus vieux métier du monde.

— Tu te moques de moi, bien sûr.

Son commentaire, très calme, me remplit d'une émotion que je n'avais pas ressentie depuis de nombreuses années. *La honte*. La dernière fois, c'était quand j'avais brûlé mes vaisseaux et rompu avec mon père.

Imogen poursuivit sur le mode de la plaisanterie.

— À propos du plus vieux métier du monde, la veuve la plus célèbre de la famille Fitzalan, au XIIe siècle, a fait fortune en exerçant ses talents dans ce domaine. Cela a dû faire un sacré scandale, à l'époque ! En tout cas, c'est une histoire que mon père se plaît à raconter.

— Même si je voulais te chercher du travail, que pourrais-tu faire ? demandai-je, sans comprendre pourquoi j'étais en colère. De ton propre aveu, ton éducation ne t'a pas formée à grand-chose, sinon tenir un rôle décoratif…

Elle garda le silence un long moment. Le soleil jetait des reflets d'or sur ses boucles cuivrées et j'avais mal aux mâchoires à force de serrer les dents.

— J'ai tout à fait conscience de mes limites, dit-elle enfin, avec une dignité qui me fit l'effet d'une gifle. Je sais très bien que je ne risque pas de me retrouver à l'usine. Mais je pourrais peut-être contribuer au bien-être des ouvriers qui y travaillent par obligation. De par ma fortune et ma position sociale, je bénéficie de nombreux privilèges. Ce serait bien d'en faire profiter les autres, non ?

J'avais hâte de sortir de la Range Rover. Je descendis et fis le tour par l'avant pour ouvrir la portière d'Imogen.

Si elle avait conscience de ses limites, j'avais aussi réfléchi aux miennes. Parmi tous les handicaps qui pouvaient me barrer la route, j'avais décidé que le manque d'éducation ne serait pas un obstacle. J'avais donc appris les bonnes manières. Je savais quelle fourchette utiliser, quelle formule de politesse adopter selon la personne que j'avais en face de moi, aussi bien que former un nœud de cravate impeccable. Je m'étais offert des cours de développement personnel avec l'argent mal acquis que j'avais volé à mon père en partant.

Je devais connaître les codes et être bien élevé pour devenir l'homme que je voulais.

Dans le milieu d'Imogen, la galanterie était de mise.

Mais ceux qui la pratiquaient ostensiblement ne respectaient pas forcément les femmes.

J'avais la prétention de ne pas leur ressembler.

Je conduisis ma femme à l'intérieur de ma villa. Une émotion indéfinissable, primitive, m'étreignait, que je n'osai analyser. Je n'avais jamais ressenti un tel instinct possessif.

— Tu n'as pas de bibliothèque, j'imagine ? demanda-t-elle comme nous traversions la première cour intérieure, ouverte à la brise marine.

Sous sa désinvolture, je détectai un espoir ténu qui me blessa. Les trois piles de livres préparées à son intention, au manoir, m'en avaient beaucoup appris sur elle. J'en savais davantage qu'elle ne pouvait en deviner à mon sujet, car je cultivais délibérément le mystère. J'espérais toutefois qu'Imogen ne s'enfermerait pas dans la lecture comme chez son père, dont elle fuyait l'égoïsme en se réfugiant dans la bibliothèque.

— Si, répondis-je avec raideur. Mais la plupart des livres sont en espagnol.

Loin de la décevoir, cette information la ravit.

— J'ai justement besoin de me perfectionner dans cette langue !

Instantanément, une vision dansa devant mes yeux. J'imaginai Imogen, nue, en train de murmurer à mon oreille des mots tendres, en espagnol. *Mi pequeño molino.*

D'instinct, avant même que je comprenne ce qui se passait, mes mains se posèrent sur ses épaules et je l'attirai vers moi.

— Tu n'as qu'un mot à savoir en espagnol, Imogen.

Je penchai la tête à la rencontre de ses lèvres pulpeuses, si tentantes.

— *Sí.* C'est tout ce que tu as à apprendre, *sí.* Oui, Javier. Oui, mon mari. *Oui. Sí.*

Elle se mit à trembler, mais pas de peur. Je la sentais docile et malléable et ses yeux brillaient.

J'écrasai sa bouche fébrilement.

Peu m'importait d'être dans un lieu qui manquait d'intimité. Mes domestiques savaient se montrer discrets. De toute manière, c'était le cadet de mes soucis.

Je dégustai ce baiser avec un plaisir infini. Cette bouche délectable était *à moi*. J'avais épousé cette femme et j'avais hâte de la posséder, totalement.

Mes pulsations cardiaques bourdonnaient à mes tempes et retentissaient à l'intérieur de mon ventre. Jusque dans mon sexe.

Je soulevai Imogen en la pressant contre mon torse, pour qu'elle m'entoure de ses cuisses et noue ses chevilles dans mon dos. Je ne voulais surtout pas interrompre notre baiser fou, et elle s'accrocha à mon cou tandis que je me dirigeais vers le premier appui qui se présenta, une console contre le mur.

Je l'installai sur le bord. Tout en continuant à l'embrasser, je glissai une main sous sa robe sans chercher à dissimuler mon impatience.

Sous mes caresses, Imogen poussait des petits cris qui résonnaient dans ma gorge. Le parfum qui se dégageait de ses cheveux agissait comme un puissant aphrodisiaque.

Je ne maîtrisais plus rien. Je la voulais, tout de suite.

Je déchirai sa petite culotte en dentelle et Imogen eut une exclamation de surprise qui se mua vite en gémissements quand mes doigts s'enfoncèrent dans la douce moiteur entre ses jambes.

Mon pantalon me gênait. Je défis ma ceinture tant bien que mal, sans lâcher Imogen. Débarrassée de toute inhibition, elle s'agrippait à moi comme si sa vie en dépendait.

Pourquoi me mettait-elle dans un tel état ? Je ne comprenais pas ce qui m'arrivait. Mais cela n'avait aucune importance, puisqu'elle était à moi.

Mais quand je la pénétrai, tout changea.

Elle cria et son corps se raidit.

Alors seulement, je compris.

Je marmonnai un juron et parvins, au prix d'un effort surhumain, à me contrôler.

— Tu es vierge, dis-je, vaguement surpris de pouvoir parler.

Les yeux humides, elle serra les poings contre mon torse. Puis elle redressa fièrement le menton et soutint mon regard sans flancher. Elle était comme cela, Imogen.

— Évidemment, je suis vierge, lança-t-elle avec une pointe de défi. J'ai l'impression que tu as payé assez cher pour cela.

8.

Imogen

J'eus très mal.

Horriblement mal.

Malgré mon attitude bravache, chez mon père, je voulais prévenir Javier. Mais son baiser m'avait complètement étourdie. Je n'étais plus moi-même. Je ne pouvais plus penser à rien.

J'étais désolée par la tournure des événements. Même si la douleur s'atténuait un peu, le sentiment d'inconfort ne passait pas.

— Tu m'as dit le contraire hier, me reprocha Javier d'une voix dure, tendue.

Il me semblait ridicule d'avoir cette conversation maintenant, dans cette tenue et cette position… En fait, j'avais envie de pleurer. Mais je refusai de fondre en larmes devant lui. Je ne voulais pas avoir l'air d'une ingénue, fragile et vulnérable.

— Je n'ai pas vraiment *dit* que j'avais déjà couché avec un homme.

Nous étions si… *proches*, si intimes. Tandis qu'il continuait à me tenir contre lui, j'avais à la fois envie de le repousser et… de me serrer encore plus près.

En même temps, cela ne paraissait guère possible ! J'avais la gorge sèche et beaucoup de mal à respirer.

C'
pro
l
bri
—
sup
con
J'
circ
—
avec
Il
pour
à son
—
Il n
au plu
—
Pas du
j'ai l'ai
comme
pond à
Il co
m'étour
— Je
— Je
un mons
pire que
— Je
pas que
La plu
N'étais-je
Je n'avais
de notre b
presque to

j'avais triché su
cela ne compt
n'arrivais plus
chose. *Lui*. Sa
Le paroxys
haletante et j
toujours dans
s'il avait l'éte
vers cet insta
créé pour ce
Quand m
maelström
violents me
en sanglota
Mais ce
bord de la
il prit app
Quand
s'était ret
jouissanc
Il cess
sauvage
sommet
était tel
même d
Cette
Au n
dans le
il s'aff
J'ig
étroite
L'e
Lo
j'épro
corp
l'emb

me
ver
tou
la t
lité
ave
épi
Qu
T
enc
sav
I
S
A
C
Il m
fait
sens
sa b
mon
P
avec
de s
une
U
Javi
M
phys
ce q
ingé
jama
gent
Ja
Et

9.

Imogen

— Aujourd'hui, nous prenons l'avion pour l'Italie, annonça Javier un beau matin, quelques semaines plus tard. Prépare-toi aux retrouvailles avec ta famille.

Comme à son habitude, il s'était installé sur la terrasse pour prendre son petit déjeuner. C'était l'endroit qu'il préférait, en surplomb des piscines et de la mer. Il faisait une belle journée, claire et ensoleillée, mais à l'annonce de cette nouvelle inattendue, j'eus l'impression de retomber dans la grisaille que j'avais laissée derrière moi. Je dus faire un bruit bizarre, car Javier abandonna sa lecture de la presse internationale pour m'interroger du regard.

— Nous allons à Venise, assister à un grand gala de bienfaisance qui a lieu tous les ans. L'occasion pour les riches d'exprimer leur empathie envers les moins chanceux. Ton père adore parader dans ce genre d'événements.

Il me considéra un moment.

— Tu n'as rien contre la générosité, Imogen ? Toi qui voulais t'engager dans l'action solidaire, il me semble.

Bouche bée, j'essayai de me ressaisir. Javier avait… cassé quelque chose, brusquement. J'allais quitter cet endroit paradisiaque pour retrouver ce que j'avais délibérément oublié au cours des dernières semaines.

Un monde où mon père existait.

Je n'avais pas envie de partir. Je voulais rester ici pour

toujours. Les jours s'étaient écoulés dans une harmonie lumineuse, entre le soleil et la mer.

C'étaient les premières vacances de ma vie.

Évidemment, je savais que ce n'était pas de vraies vacances. Javier travaillait beaucoup. Je me serais volontiers occupée à quelque chose, mais chaque fois que je posais la question, il secouait la tête. Je passais donc mon temps à me baigner dans les piscines. L'après-midi, quand la température montait, je descendais dans la crique et je nageais. Je faisais aussi de longues promenades dans l'île, jusqu'à la maison en ruine, tout au bout. Je me repaissais de soleil, de solitude et de liberté.

Et quand il n'était pas accaparé par ses affaires, Javier était avec moi.

En moi.

L'amour nous occupait tout entiers. Nous vivions dans la fusion, une communion sensuelle qui abolissait toute frontière entre lui et moi.

J'appris à m'agenouiller devant pour lui donner du plaisir. En retour, j'acceptais sa bouche entre mes jambes. J'appris aussi à explorer chaque centimètre de son corps sculptural, avec mes mains, mes lèvres, ma langue. Nous mangions des repas délicieux, dont les saveurs et les couleurs s'accordaient avec le paysage éclatant.

Javier disait que j'étais audacieuse. Il m'appelait *querida*.

Je m'étonnais d'avoir pris mon mari pour un monstre. Il me faisait découvrir une gamme infinie de sensations. J'avais du mal à croire comment mon corps pouvait receler tant de secrets, tant de joie que je n'osais nommer.

Je n'avais pas envie de partir.

Je ne voulais pas retourner dans le monde froid et cruel que j'avais quitté sans un regard en arrière. Je n'avais pas la moindre envie de replonger dans les mondanités de la haute société qui occupaient autrefois le centre de mon existence. La réalité était-elle en train de me rattraper ? L'épouse d'un homme riche et puissant se devait d'apparaître au Met Ball de New York et aux soirées privées dont parlaient les magazines people. L'avais-je oublié ? C'était sans doute mon rôle, ce qui faisait ma valeur et mon prix.

S'il n'avait tenu qu'à moi, j'aurais élu domicile à La Angelita. J'aurais prolongé notre séjour sur l'île, comme si tout le reste n'était qu'un rêve.

Mais je me gardai bien de l'exprimer à haute voix.

Ce n'était pas son rêve à lui.

— J'ai toujours eu envie d'aller à Venise, déclarai-je en réussissant à sourire.

— Tu n'as pas l'air très convaincu.

— Je suis un peu étourdie par l'air marin et tout ce soleil.

Et toi, ajoutai-je intérieurement. Mais je ne pouvais pas évoquer l'émotion qui m'étreignait. Mon éducation m'avait enseigné qu'il n'était pas convenable de s'épancher. Dans ma classe sociale, on avait de la tenue.

— Il faudra que je recouvre mes esprits, dis-je à voix haute.

— Ne t'inquiète pas, tu n'as pas besoin d'avoir les idées claires pour faire la fête. Après tout, c'est un univers que tu connais bien.

Mon euphorie retomba encore plus bas.

— Je crains de te décevoir. L'atmosphère de la pension n'était pas particulièrement festive.

— On t'y a quand même inculqué les règles de bonne conduite et de savoir-vivre en usage dans ce milieu.

Il m'observa attentivement. J'avais oublié cette expression sévère, ce pli dur de sa bouche et cette façon de me scruter.

— Si tu as quelque chose à me dire, Imogen, fais-le tout de suite et débarrasse-toi de ton agressivité. Je n'ai pas de temps à perdre en bavardages inutiles.

— Il n'y a aucun problème. Je n'ai rien de particulier à dire.

— Tu croyais rester ici pour toujours ? Comme une princesse de conte de fées enfermée dans son château ? Malgré ma réputation, je n'ai jamais séquestré personne. D'ailleurs, je n'ai pas besoin d'en arriver là pour obtenir ce que je veux. N'est-ce pas ?

Il avait raison, mais j'étais blessée. Je ne m'en étais pas encore rendu compte, mais il était loin de partager mon enthousiasme. En fait, il maîtrisait tout.

Un nœud me serra la gorge.

— Je ne vis pas un conte de fées, déclarai-je avec une légèreté feinte. D'abord, les filles Fitzalan ne sont pas des princesses, même si notre famille a souvent côtoyé les têtes couronnées. Les rois subissent des vicissitudes, l'exil, les révolutions, l'échafaud parfois… Les Fitzalan, eux, résistent et durent.

J'avais l'impression de me réveiller en sursaut avec une gifle, alors que je n'avais même pas conscience de rêver. Moi qui craignais toujours de décevoir mon père, cela faisait des semaines que je n'avais pas pensé à lui. J'avais aussi oublié Celeste et son comportement étrange le jour de mon mariage, surtout son regard appuyé sur Javier quand nous étions partis.

Je n'avais pas la moindre envie de retrouver ces préoccupations.

Cela faisait également plusieurs semaines que je ne me souciais plus de mes cheveux rebelles. Indifférente aux diktats de la mode, je les attachais ou les lâchais selon mon humeur, alors qu'ils étaient devenus une véritable obsession. Je ne m'inquiétais plus de mal tenir mon rôle décoratif de belle héritière. Maintenant que mon statut avait changé, les dames respectables cesseraient peut-être de chuchoter des remarques désobligeantes derrière mon dos… Je n'avais jamais égalé ma sœur, toujours impeccable, mais sur cette île, cela n'avait plus d'importance. Allais-je retourner dans l'ombre de Celeste ?

Javier ne manquerait pas de nous comparer. Les larmes me montèrent aux yeux, tandis que je fixais obstinément le fond de ma tasse de café.

— Les organisateurs de l'événement m'ont sollicité, reprit Javier. Comme je me suis montré très généreux, je suis obligé d'assister au gala. Ce sera un bal masqué. Tout le monde fera semblant de ne pas se reconnaître, mais personne ne sera dupe. Je déteste ce genre de soirée, qui m'ennuie prodigieusement. Au moins, tu m'accompagneras. Cela m'évitera d'être abordé par des célibataires entreprenantes. Et les mal mariées.

Je m'agitai nerveusement sur ma chaise.

J'avais pris des coups de soleil qui faisaient ressortir mes taches de rousseur, sur le visage et les épaules. J'essayais de m'imaginer dans un salon vénitien, entourée de femmes gracieuses et élégantes comme Celeste. Contrairement à moi, elles ne commettaient pas de maladresses et n'avaient pas peur de trébucher sur les ourlets de leur robe longue à cause de leurs hauts talons.

Malgré l'éducation d'excellence que j'avais reçue, je ne pourrais jamais me hisser à la hauteur de Celeste. La bataille était perdue d'avance.

« On n'arrivera jamais à rien avec toi, tu es désespérante », avait déclaré mon père le soir du bal des débutantes.

J'avais failli renverser ma flûte de champagne sur ma robe…

Tout allait recommencer. Seulement, cette fois-ci, je ne ferais pas uniquement honte à mon père, mais aussi à Javier.

Javier, l'homme qui me faisait sangloter de joie et de désir. Qui m'apportait plus de plaisir que je ne croyais pouvoir supporter, et que pourtant je réclamais, encore et encore, inlassablement. Par crainte de l'embarrasser, je retenais les mots qui montaient en moi et bredouillais des gémissements incompréhensibles.

La perspective de lui infliger une humiliation m'effrayait.

Javier se rappela à mon attention.

— Tu es peut-être plus à l'aise avec moi en privé qu'en public. Sur cette île, personne ne nous voit. Nous vivons cachés aux yeux du monde. Ta déchéance n'a pas de témoins.

Une souffrance étrange sourdait dans sa voix. Sidérée, je cillai plusieurs fois les paupières.

— Je ne… Jamais…

Quel horrible malentendu !

Brusquement, Javier se leva de table en jetant sa serviette et me lança un regard furibond.

Je me figeai, paralysée mais intriguée en même temps.

Et fascinée.

— Pourtant, sur le plan sexuel, tu es bien contente de t'épanouir, grogna-t-il d'une voix méconnaissable.

L'avais-je blessé ? Mais quand ? Pourquoi ?

— Tu es insatiable, reprit-il. Tu n'en as jamais assez. Mais tu ne veux pas montrer au reste du monde comme tu t'es encanaillée ! Tu aurais trop honte, n'est-ce pas ?

Je n'aurais pas été plus consternée s'il avait renversé la table ou m'avait jetée tout habillée dans la piscine. Je pâlis et rougis tour à tour, éberluée.

— Ce n'est pas du tout ce que je voulais dire, Javier. Si quelqu'un doit être embarrassé, c'est toi, pas moi.

Il pinça les lèvres avec une expression… douloureuse, oui.

— Oui, c'est sûr, railla-t-il. Je serais humilié d'avoir atteint mon but, de me montrer avec la femme que je rêvais d'épouser. Trouve autre chose, *mi reina*. Je ne crois pas un mot des histoires que tu te racontes pour cacher tes vrais sentiments.

Debout en face de lui, j'étais en proie à une panique intense. La tête se mit à me tourner, comme si j'avais le mal de mer. Comment un tel quiproquo avait-il pu s'installer ? En tout cas, j'avais contrarié Javier malgré moi.

— Ce ne sont pas des histoires.

Il jura en espagnol et je fus soulagée de ne pas tout comprendre.

— Tu sais comment on m'appelle, non ? continuai-je. La sœur ratée. La malchanceuse. Ce n'est pas une plaisanterie.

— Assez, tonna-t-il en balayant l'air d'un geste péremptoire. Nous partons dans une heure. J'ai un coup de téléphone à passer. Pendant ce temps, je te suggère de te préparer et te ressaisir. Sinon tu ne feras vraiment pas bonne figure. Les gens verront tout de suite ce que tu cherches à dissimuler.

Sur ces entrefaites, il me planta là et rentra à l'intérieur. Ce n'était pas la peine de le suivre. Quand il se réfugiait dans son bureau, il ne supportait pas les interruptions. Je l'avais appris à mes dépens.

Après son départ, je demeurai sans bouger pendant un long moment.

« Tu ne veux pas montrer au reste du monde comme tu t'es encanaillée ! Tu aurais trop honte, n'est-ce pas ? »

Le mot *encanailler* me blessait profondément, car il faisait partie du vocabulaire de mon père. En outre, il abîmait les merveilleuses semaines que j'avais passées sur cette île.

À nouveau, mes yeux se brouillèrent.

L'idée ne m'avait jamais effleurée que Javier puisse accorder de l'importance à ce qu'on pensait de lui, surtout de la part de gens comme mon père. À notre mariage, il n'avait même pas jugé bon d'assister au repas.

Mais si j'en croyais l'éclat qui venait de se produire, il n'était pas imperméable à l'opinion générale.

Je me retirai dans notre chambre pour me calmer et m'abriter du soleil, comme si mes taches de rousseur allaient disparaître magiquement. À la vue de notre grand lit, je me sentis… perdue.

La fougue et l'exigence de Javier me jetaient dans un ravissement sans bornes et un état proche de la stupéfaction. Tous mes repères s'étaient volatilisés. Je vivais avec lui dans une fusion enchanteresse où les frontières de mon propre corps semblaient se dissoudre.

Et maintenant il fallait partir, affronter les autres et surtout ma famille, alors que le plus grand désordre régnait en moi.

Je fermai les paupières, mais les émotions demeurèrent, vives et intenses. Je rêvais parfois que Javier ressentait le même bouleversement, quand nous faisions l'amour.

Je rouvris les yeux.

À la lumière du jour, quand je me promenais ou m'allongeais au bord de la piscine avec un livre en espagnol, je redevenais lucide. J'étais vierge et innocente, pas lui. Il avait au contraire beaucoup d'expérience. Je l'avais vérifié par une recherche en ligne.

Javier pouvait obtenir tout ce qu'il voulait. Conquérir n'importe quelle femme. *Son seul but, avec moi, avait été de s'acheter un nom.*

Je contemplai ce grand lit où j'en avais appris davantage sur moi que pendant toute mon éducation. Javier, lui, avait déjà vécu de très nombreuses aventures avec les plus belles créatures de l'Univers.

Même avec Celeste.

Les jambes flageolantes, je m'affalai sur un coussin.

En réalité, il était hautement improbable que Javier partage mes émotions. Cela ne risquait pas d'arriver, même dans un avenir lointain.

Il n'exprimait jamais aucun sentiment. La seule occasion où je l'avais vu s'exprimer avec sincérité, c'était tout à l'heure.

Alors que nous nous apprêtions à paraître ensemble en public, qu'il allait se montrer avec la sœur Fitzalan ratée… Ce n'était sûrement pas un hasard si Javier avait choisi un bal masqué pour notre première sortie. Je ne devais pas nourrir de fausses illusions sur mon mariage arrangé.

J'avais vécu ces dernières semaines dans une sorte de délire. Un rêve éveillé. Comment serais-je restée insensible à la découverte du sexe sous le soleil méditerranéen, dans ce décor fabuleux ?

Javier avait forcément un point de vue très différent. Il était lucide, depuis le début.

Il m'avait épousée pour mon nom. Pas pour ma fortune, car il était suffisamment riche, mais pour mon statut social et mon héritage qui lui ouvraient les portes de la haute société.

Il avait agi par calcul. Pour lui, je n'étais qu'un simple pion, mais j'avais commis l'erreur de m'illusionner en croyant à un vrai mariage. J'avais grossièrement manqué de discernement.

D'ailleurs, Javier ne m'avait jamais promis l'amour. Ni les honneurs. Brusquement, mon immaturité me sauta aux yeux. Il ne m'avait pas promis non plus la fidélité.

Si Javier remarqua mon silence, ou devina les émotions que je m'efforçai de ne pas trahir, il n'en montra aucun signe.

Pendant toute la durée du vol, il ne quitta pas son portable et ne manifesta pas le moindre intérêt, ni pour moi ni pour la Cité des doges, qui apparut à l'horizon. Quant à moi, je pressai mon visage contre le hublot, en me moquant éperdument de paraître gauche ou naïve.

Je ne voulais pas penser à ce qui m'attendait.

Un bateau nous attendait. Traîtreusement, mon cœur se serra. Venise était tellement romantique…

Les *palazzo* le long du Grand Canal m'enthousiasmèrent, avec leurs appontements aux pieux colorés.

La lumière dorée qui se reflétait sur le dôme de Santa Maria della Salute. Les gondoliers avec leurs canotiers en paille, les arches des petits ponts de pierre au-dessus des canaux.

Venise me grisait. Sa poésie lyrique me tournait la tête.

Le bateau-taxi nous déposa sur une île de la lagune.

— Encore une île privée ? demandai-je.

Je regrettai aussitôt ma question qui me valut un froncement de sourcils et un regard sombre.

— J'aime ma tranquillité, répliqua Javier. Mais celle-ci n'est pas à moi. C'est un hôtel.

Un édifice en pierre rose se dressait à côté d'une petite chapelle toute blanche, à la façade incurvée, avec le nom d'un saint gravé en lettres d'or au-dessus du porche.

— Nous sommes les seuls clients ?

Javier se contenta de hausser les épaules.

Je compris qu'il avait privatisé l'établissement. Javier Dos Santos pouvait tout se permettre. L'avais-je oublié ?

Cramoisie, je le suivis dans la cour intérieure, tandis que le personnel s'affairait autour de nous. Les hauts plafonds, le mobilier et la décoration témoignaient de fastes anciens et mystérieux. Nos pas résonnaient dans les salons déserts, sur les parquets cirés. On nous conduisit à notre suite qui occupait tout le dernier étage et Javier disparut presque aussitôt dans le salon bureau. Je vécus cela comme une punition.

Mais je gardai un sourire sur mes lèvres, car je n'étais pas seule.

— Il n'est pas encore l'heure de vous préparer pour la soirée, *signora*, me dit la femme de chambre dans un italien respectueux. Voudriez-vous un rafraîchissement ?

— Avec plaisir.

De quoi avais-je l'air, à ses yeux ? Elle avait dû voir de nombreux couples plus ou moins bien assortis, parmi les occupants fabuleusement célèbres ou fortunés de cette suite princière. Que raconterait-elle sur moi à ses collègues ? Si jeune et déjà délaissée par son richissime mari qui avait privatisé les lieux parce qu'il préférait être au calme…

Je sortis sur le balcon qui courait tout le long de la façade et m'accoudai sur la balustrade pour contempler le soleil hivernal qui commençait à teinter le ciel de rose pâle.

Déjà belle en plein jour, Venise devenait magique au crépuscule.

Je respirai longuement, profondément. Peu à peu, je me détendis.

La ville me paraissait presque irréelle. Je songeai aux innombrables femmes qui avaient foulé ce balcon avant moi, au cours des siècles passés. Que de rires et de larmes avaient retenti ici. Les créatures qui m'avaient précédée avaient, elles aussi, éprouvé la peur et la panique, la joie et le ravissement. La vie poursuivait son cours à travers les âges et continuerait après moi.

À quoi bon me mettre dans un état pareil ?

Mon mariage ne serait jamais conforme à l'idéal que je portais inconsciemment en moi. Je le savais depuis le début.

La veille de la cérémonie, je rêvassais encore aux yeux bleus d'un garçon d'écurie pour fuir la réalité. Le lendemain, j'étais complètement groggy, sonnée par ce qui m'arrivait. Mon mari m'avait fait découvrir des sensations vertigineuses, qui avaient altéré mon sens des réalités.

La vérité, c'est que j'étais une Fitzalan. Peu importait que je ne sois pas la plus désirable ou la plus belle. Depuis des siècles, on traitait les femmes de ma famille comme des biens négociables, une monnaie d'échange.

Et si j'en croyais ma bonne vieille grand-mère, il ne fallait pas s'en désoler. Au contraire, toutes celles qui m'avaient précédée avaient réussi à tirer leur épingle du jeu. Vaille que vaille.

« Les Fitzalan poursuivent des buts élevés », avait coutume de dire grand-mère.

J'étais incapable de discipliner mes boucles folles ou de me guérir de ma maladresse légendaire, mais je pouvais certainement adopter une attitude différente, plus positive. Selon Javier, les relations sociales et les mondanités relevaient de mes compétences. J'avais été sotte de le contredire.

Il n'avait pas tort. En pension, on m'avait formée à tenir mon rôle d'épouse dans la bonne société. C'était un atout inestimable pour un mari.

« La toilette et la décoration sont vos meilleures armes, nous répétait-on. Sachez vous en servir, mesdemoiselles. »

Ce soir-là, je résolus de me souvenir de ces conseils. Quand je retrouvai Javier, j'étais prête.

Je m'étais fait coiffer avec un chignon de boucles, une sorte de compromis entre ma nature indomptable et la sophistication attendue. Je portais une robe noire, coupée selon les spécifications précises de Javier. Une broche, sur l'épaule, retenait le drapé qui tombait jusque sur mes pieds. Et un masque en or et onyx parachevait la tenue.

Quand il me vit, Javier approuva d'un bref signe de tête. S'il n'avait aucun sentiment pour moi, il éprouvait au moins du désir.

Je m'en contenterais.

De toute façon, je n'avais pas le choix.

Je glissai une main sous le bras qu'il me tendait. Il était magnifique, en habit de soirée et chapeau haut de forme.

— C'est notre première apparition publique comme couple marié, dis-je. Tu as probablement une idée de ce que tu attends de moi.

Ses yeux noirs brillèrent sous le masque.

— Et toi, comment vois-tu ton rôle ?

— Cela dépend de toi. Tu peux te servir de moi

comme une arme. Mon père et ses amis peuvent se montrer extrêmement grossiers envers ceux qu'ils estiment au-dessous de leur condition.

Il eut un rictus méprisant.

— Je sais comment ils traitent les gens comme moi, Imogen. Et je suis parfaitement capable de me défendre.

— Alors, à nous deux, nous sommes un vrai arsenal.

Il me considéra avec une expression vaguement inquiétante et je relevai le menton, prête à me battre. Mais pas contre lui. Avec lui.

— Et si je ne souhaite qu'une présence décorative ? lança-t-il d'une voix doucereuse. Le silence et la soumission, avec un joli sourire.

Ces paroles m'enchaînaient à lui aussi sûrement que les liens avec lesquels il m'avait attachée aux barreaux du lit, une nuit mémorable.

— Tu m'as achetée, Javier, lui rappelai-je. Tu peux faire de moi ce que tu veux. C'était le but, je suppose.

10.

Javier

Si elle me disait encore une fois que je l'avais achetée, je ne maîtriserais plus ma colère. Pourtant, dans un sens, elle avait raison. Il ne fallait pas que je réagisse à sa provocation.

Cela m'ennuyait d'être aussi nerveux, avant même notre arrivée au bal.

Pour ne rien arranger, Imogen était tout simplement sublime.

Ses cheveux avaient blondi pendant notre séjour à La Angelita. Elle les avait coiffés en un chignon de boucles compliqué, retenu par des épingles dorées que je brûlais d'envie de retirer.

J'avais beaucoup de chance d'avoir trouvé la femme qui comblait mes rêves. Oui, c'est vrai, j'y avais mis le prix… Suprêmement élégante dans ce drapé de satin noir qui mettait en valeur ses formes généreuses, elle possédait une grâce innée, et son masque rehaussait l'ossature aristocratique de ses traits. Cette union était inespérée pour le fils d'un trafiquant de drogue qui avait commencé son ascension sociale tout en bas de l'échelle. Néanmoins, Imogen était aussi belle qu'inaccessible.

C'était exactement l'épouse qu'il me fallait pour briller en société. Elle exsudait la supériorité de son rang sans même en avoir conscience, avec le plus grand naturel.

Sa prestance renforçait mon pouvoir et ma domination sur tous ces hommes qui se croyaient au-dessus de moi et mes semblables.

Son audace me stupéfiait. Comment osait-elle me parler aussi crûment ? Dans sa bouche, notre mariage arrangé prenait une connotation désagréable, comme une version à peine édulcorée du plus vieux métier du monde.

J'étais outré, en même temps qu'un désir sourd me tenaillait, une pesanteur inexplicable et obsédante qui m'accompagnait depuis quelque temps déjà.

J'aurais préféré rester avec Imogen dans ce palace désert que nous occupions en privilégiés. Je l'aurais déshabillée impatiemment pour explorer son corps avec lenteur, jusque dans les endroits les plus secrets. J'aurais couvert de baisers chaque centimètre de sa peau soyeuse.

Mais mes obligations m'appelaient. Les galas de bienfaisance représentaient l'occasion d'affirmer et d'étendre mon influence.

Ce besoin envoûtant qu'Imogen faisait naître en moi avait de quoi m'inquiéter. Je n'arrivais pas à me rassasier d'elle, ce qui ne m'était encore jamais arrivé. Mais ce soir, je serais obligé de patienter. Tout en la tenant par le coude, je la conduisis vers le bateau qui devait nous emmener. J'avais mal à la mâchoire à force de serrer les dents pour me contrôler

Elle s'accouda au bastingage malgré la fraîcheur de la brise.

— Je savais que ce serait beau, mais je ne m'attendais pas à tant de splendeur, murmura-t-elle, émerveillée.

Je contemplai avec elle la lagune et les canaux qui s'ouvraient à nous.

— J'oublie toujours que tu as vécu dans un cocon.

— Je n'ai jamais voyagé, avoua-t-elle avec une simplicité dénuée d'amertume. Même en Suisse, je ne sortais pas de ma pension. On a beau regarder des films sur Internet et la télévision, dévaliser les bibliothèques, rien ne vous prépare au choc de la réalité.

La réalité. Le mot me heurta. En dépit de ses protestations, elle souffrait forcément d'avoir épousé un homme comme moi, ordinaire, au-dessous de son rang. Je le savais. Même si elle ne s'en était jamais plainte, j'en étais convaincu. Curieusement, je n'avais jamais éprouvé de sentiment d'infériorité dans le manoir de son père. Mais devant elle, une étrange sensation s'insinuait en moi. J'avais peur de rester entaché par mes origines, de ne jamais pouvoir m'élever socialement. Je ne serai peut-être jamais digne d'Imogen.

Cette idée me hantait comme un fantôme.

Ce n'était pas nouveau, mais avec Imogen, cela devenait insupportable.

Une mèche de cheveux s'était échappée de son chignon et je la ramenai derrière son oreille, avec une douceur et une délicatesse que je ne me connaissais pas.

Et je me surpris à la taquiner, ce qui ne me ressemblait guère.

— De quelle réalité parles-tu ? De Venise, de la Méditerranée ? Ou de choses plus… intimes ?

Elle fixa sur moi des yeux rieurs. Je ne comprenais pas pourquoi Imogen revêtait autant d'importance à mes yeux. Sa fragilité, dans mes bras, me déconcertait. En même temps, elle était capable de se battre pour moi. Ne s'était-elle pas proposée comme une arme ?

Je n'avais pas besoin de son aide. Un frémissement me parcourut, que j'attribuai à la colère.

Cela réveillait en moi une émotion profonde, celle d'un petit garçon de huit ans désemparé, qui venait de comprendre une chose fondamentale. Ceux qui auraient dû l'aimer, le protéger, lui préféraient un poison qui leur apportait l'oubli de paradis artificiels.

Mais je ne voulais pas penser à mes parents. Pas ici. Pas maintenant.

— Venise, bien sûr ! s'exclama-t-elle avec cette belle innocence solidement ancrée en elle.

Elle m'adressa un de ces sourires que j'aimais tant, qui m'atteignaient au cœur. Pourtant, j'avais toujours violemment réprimé mes émotions. Je ne voulais pas donner prise à la faiblesse, qui rendait vulnérable. Des gens sans scrupule, comme mes parents, risquaient d'en profiter.

Je suivis du bout du doigt le contour de son masque, à l'endroit où l'or et l'onyx touchaient la peau de sa joue. Je voulais dire quelque chose. J'avais les mots au bord des lèvres.

Pourtant, je me tus, incapable de prononcer un son. Le mystère qui planait sur les eaux de la lagune, la magie particulière de cette ville chargée d'histoire, me submergèrent.

Je ne voulais pas vraiment nommer ce qui se passait en moi chaque fois que je regardais Imogen.

De toute façon, nous arrivions au *palazzo* tout illuminé. Le charme de l'instant était rompu.

Je refoulai ma déception inexplicable et donnai nos manteaux au vestiaire. Puis, dès qu'on nous annonça, je me dépêchai de me fondre dans la foule avec Imogen pour ne plus penser à mon trouble.

Je ne ressentais pas d'émotions. Je les refusais.

Ces dernières semaines, j'avais lutté pour respecter mes principes. Parfois, je me forçais à m'éloigner d'Imogen alors que j'avais envie de rester avec elle. Je m'enfermais pendant des heures dans mon bureau, déconcentré, incapable de travailler et de fixer mon attention.

Je cherchais à me persuader que je pouvais oublier Imogen. En vain. Elle m'obsédait.

Comme ce soir, je ne pensais qu'à une chose, lui faire l'amour. Encore et encore…

Le gala se déroulait dans la salle de bal d'un ancien *palazzo* qui occupait tout le rez-de-chaussée. Des lustres immenses pendaient au plafond, illuminant les piliers recouverts de feuilles d'or et les fresques des murs. Un orchestre installé sur une estrade animait la soirée.

Les hommes d'affaires influents que je voulais rencontrer étaient tous là. On les reconnaissait sans peine malgré leurs masques. Ils irradiaient l'argent et le pouvoir.

Mais je n'étais pas tout à fait prêt. Je ne voulais pas quitter tout de suite Imogen et la laisser affronter seule les curieux qui se presseraient autour d'elle. J'avais déjà la nostalgie des semaines insouciantes que nous avions passées sur mon île, loin de tout, et qui s'étaient terminées trop vite.

Je ne me reconnaissais pas, comme si je trahissais la personne que je croyais être et me mentais à moi même. J'avais même peur d'ouvrir la bouche par crainte des mots qui en sortiraient.

J'entraînai donc mon adorable épouse sur la piste de danse. Tout en la serrant dans mes bras, je contemplais ses jolies lèvres. Un léger vertige me prit, que j'attribuai au bruit et à la chaleur.

Imogen rejeta la tête en arrière et me sourit.

— Je n'aurais jamais cru… Tu es un merveilleux danseur.

— Cela t'étonne ?

— Un peu, oui. Tu es tellement…

— Mal éduqué ?

— Non, tu es très sérieux. Tu ne t'amuses jamais.

Décidément, Imogen faisait ressortir mes points faibles. Pire, je les mettais en avant à la moindre provocation.

— J'ai pris des cours de danse de salon, dis-je avec raideur.

Heureusement, elle ne se moqua pas de moi, ainsi que je le craignais.

— Moi aussi, répliqua-t-elle. D'abord à la maison avec les gouvernantes, puis à la pension. On nous apprenait à nous battre.

Je la considérai sans cacher ma surprise.

— La danse n'est pas un combat !

— À nous servir de nos armes, Javier, si tu préfères.

La douceur de sa voix continua à résonner à mes oreilles longtemps après la fin du morceau et je m'écartai bien malgré moi. J'aurais aimé la serrer encore entre mes bras.

Je réalisai avec un sursaut que je faisais rarement ce qui me plaisait. J'agissais surtout par devoir. La richesse ne m'avait pas totalement affranchi de mon passé. En dépit de ma fortune, je me comportais toujours comme le petit garçon qui avait grandi en marge dans une sinistre banlieue madrilène. Je redoutais à tout moment que les autorités me rattrapent et me reprennent mon argent, en me condamnant pour les crimes de mon père.

J'avais pourtant forgé mon propre destin. Néanmoins, j'étais encore conditionné par de vieilles obsessions qui déterminaient chacun de mes faits et gestes.

Tandis que je ruminais ces sombres pensées, nous nous rapprochâmes d'un groupe au centre duquel paradait Dermot Fitzalan.

— Bonjour, Père, dit Imogen à côté de moi.

Sa froideur me frappa. Pourtant, j'avais déjà été témoin de leur hostilité. J'avais même vu des bleus sur les bras d'Imogen…

— Tu n'as guère soigné ton apparence pour cette soirée de gala, observa le vieil homme avec un mélange d'amertume et de cruauté. C'est dommage.

Je ne compris pas tout de suite qu'il s'adressait à sa fille.

— Pour ta première sortie avec ton mari, tu aurais au moins pu te coiffer convenablement.

— Il me semblait avoir réussi, répliqua Imogen avec un sourire.

Fitzalan se tourna vers moi.

— Ma fille a toujours été provocatrice et indisciplinée.

Je n'ai jamais pu corriger ce défaut. À votre place, je montrerais davantage de fermeté.

Imogen se raidit, mais sans changer d'expression. Comment Fitzalan osait-il s'adresser à moi sur ce ton ? Je l'aurais volontiers taillé en pièces devant tout le monde.

Mais ce n'était pas ainsi qu'on luttait avec ce genre d'individu. Je me vengerais plus tard, en le frappant au porte-monnaie. Je le ruinerais, si j'en avais la possibilité.

— Vous n'êtes pas à ma place, répondis-je sèchement.

Un père qui traitait aussi mal sa propre fille ne méritait pas qu'on s'embarrasse d'égards envers lui.

— Cette évidence nous remplit tous les deux de gratitude, n'est-ce pas ? ajoutai-je.

Je n'entendis pas sa réponse, car je suivis des yeux Imogen qui s'excusa la tête haute, en gardant sur les lèvres le même sourire serein.

Je n'arrivais même plus à me forcer pour écouter Dermot Fitzalan et les hommes qui l'entouraient. Ils me parlaient, mais leurs discours ne m'intéressaient plus.

Plus comme avant.

Je préférais regarder Imogen. La lumière jetait des reflets dorés sur ses cheveux. Elle marchait avec une grâce naturelle dont elle n'avait même pas conscience.

J'avais une envie irrépressible de la suivre, de demeurer dans son sillage.

Tel un homme follement épris, ce qui était inconcevable…

Je ne comprenais pas pourquoi je me sentais si malheureux dès qu'elle s'éloignait.

11.

Imogen

Je m'enfermai dans une cabine des toilettes pour dames.

Et je restai là, où personne ne pouvait me voir.

En circulant parmi les groupes, je n'avais pas pu m'empêcher d'imaginer les critiques qu'on chuchotait derrière mon dos. Impitoyables, les femmes faisaient certainement des remarques désobligeantes.

Tu as tellement de défauts, me soufflait, inflexible, ma voix intérieure. Javier murmurait pourtant bien autre chose la nuit, quand nos deux corps se confondaient dans une communion sensuelle que j'aurais eu bien du mal à imaginer avant mon mariage. En réalité, mes imperfections n'étaient pas vraiment un problème, mais j'avais la malchance d'avoir une sœur parfaite.

Et j'en avais assez des comparaisons qui étaient toujours à mon désavantage. Au diable l'orgueil et le courage des Fitzalan ! J'avais envie de passer le reste de la soirée ici.

Mais je ne pouvais guère me cacher indéfiniment. Je devais me ressaisir, retrouver mon sourire de circonstance et ne pas accorder d'importance aux ragots et autres commentaires désobligeants.

Pourtant, je n'arrivais pas à sortir de ma cachette.

Quand les portes des toilettes s'ouvrirent, le brouhaha

du bal emplit mes oreilles. Puis je reconnus un rire léger, cristallin.

Celeste.

Je bondis sur mes pieds. Elle saurait me réconforter et me conseiller.

Mais ma main se figea sur le verrou.

Je regrettai d'être là quand je l'entendis parler. J'aurais préféré disparaître sous terre.

— Vous l'avez vue, tout à l'heure ? Comme elle était furieuse ! Elle a foncé en regardant droit devant, prête à incendier le premier qui lui adresserait la parole !

Ses compagnes se mirent à glousser. Je n'avais aucune raison d'écouter aux portes. Pourtant, j'étais paralysée.

— Ta sœur est très émotive. Elle s'emporte pour un rien, répliqua quelqu'un, à la voix sirupeuse.

— Imogen n'est que ma demi-sœur, corrigea Celeste avec dédain. Je ne sais pas à quoi pensait mon père le jour où il s'est laissé embobiner par la gourgandine dont il a fait sa seconde épouse.

— La mère d'Imogen n'était pas duchesse ? objecta quelqu'un d'autre d'un ton d'excuse, comme si on ne pouvait pas contredire Celeste.

Je serrai les paupières en crispant les poings. J'avais un nœud à l'estomac et les tempes dans un étau.

— Oh ! je ne sais pas. Elle était peut-être fille de vicomte. Ou d'un lord quelconque. On se perd dans les titres de noblesse britanniques.

Celeste, que j'avais toujours aimée, me détestait.

Cette pensée me poussa à réagir enfin.

J'ouvris brusquement la porte, le cœur battant. Devant moi, les miroirs me renvoyèrent ma pâleur et je fixai ma sœur droit dans les yeux.

Demi-sœur.

Si Celeste fut surprise de me voir, elle n'en montra rien. Elle portait un fourreau doré qui rehaussait la perfection de sa silhouette, et pas une mèche ne s'échappait de son chignon blond impeccable. Grande et mince, longiligne, elle aurait pu poser pour un magazine de mode.

Mais elle ne souriait pas.

— Tu m'épies, maintenant ? lança-t-elle avec une expression malveillante.

Elle ne m'avait sans doute jamais considérée autrement, mais je ne m'en étais pas rendu compte avant. Les semaines radieuses que je venais de passer avec Javier m'avaient ouvert les yeux.

Cela changeait tout de se sentir désirée.

Aimée, chuchota la petite voix que je choisis d'ignorer.

En tout cas, c'était nouveau pour moi. Cela ne m'était jamais arrivé.

— Ma mère, Lady Hillary, était fille de duc, informai-je calmement Celeste. Tu le sais fort bien.

— Si tu le dis…, rétorqua-t-elle en roulant des yeux d'un air moqueur.

Le masque était tombé. Elle ne jouait plus la comédie et ne prenait plus la peine de faire semblant.

— Vas-tu rester plantée là, Imogen ? reprit Celeste au bout d'un moment.

— Quand tu es entrée, tout à l'heure, j'avais envie d'un câlin pour me consoler, répondis-je sèchement. Ce n'est plus à l'ordre du jour.

Ses amies gloussèrent de nouveau, mais maintenant elles se rangeaient de mon côté. Même si c'était un peu puéril, je savourais ma victoire.

Ce ne fut pas du goût de Celeste. Le rouge aux joues, elle se tourna vers moi. La colère déformait ses traits. Je compris tout à coup que la vraie beauté s'accordait avec la bonté d'âme. Je méritais mieux que cette scène déplaisante dans un endroit aussi peu convivial.

— En général, on n'apprend rien d'agréable sur soi en écoutant aux portes, énonça Celeste d'un ton sentencieux. On ne t'a pas enseigné cela au pensionnat ?

Pendant qu'elle riait, j'observai son expression, la

même que le jour de mon mariage. Et je me remémorai la scène qui avait éclaté dix ans plus tôt, quand notre père l'avait obligée à rompre. Malgré ses sanglots à fendre l'âme, spectaculaires, elle n'avait pas tenté de retenir Javier et ne l'avait pas non plus empêché de partir. En fait, elle n'avait qu'une hâte, se marier. Tant pis, si ce n'était pas avec Javier. Même si elle devait le regretter ensuite.

— La jalousie t'enlaidit, Celeste, dis-je en me fiant à mon intuition.

Cramoisie, elle s'avança vers moi avec un rire mauvais.

— Ne sois pas ridicule ! Tu ne comprends donc pas que Javier se sert de toi ?

Je serais morte plutôt que de lui montrer combien sa cruauté me blessait. Je relevai le menton. Étrangement, j'avais l'impression que je me préparais à cette confrontation depuis des années.

Je souffrais, certes. Mais cela ne m'étonnait pas.

— Oui, Celeste, en effet. De la même manière que ton vieux comte s'est servi de toi pour remplir ses coffres et engendrer des héritiers. Certains s'offusqueraient de ces pratiques, mais dans notre famille, on a toujours conclu les mariages ainsi.

Celeste se déchaîna.

— Tu ne m'as pas comprise !

Derrière elle, ses amies se taisaient sans rien perdre de ce qui se disait. Elles répéteraient ensuite partout ce qu'elles avaient entendu.

— Le comte m'a effectivement épousée pour des raisons pragmatiques. *Réalistes.* Mais regarde-nous dans la glace, Imogen, toutes les deux.

J'attendis la suite, paralysée.

— Javier aurait pu épouser n'importe quelle aristocrate. À notre époque, les vieilles familles royales d'Europe l'auraient même accepté dans leur sein. Pourtant, c'est toi qu'il a choisie. Tu ne t'es jamais demandé pourquoi ? Alors qu'il a conquis les plus belles femmes du monde.

Je cherchai désespérément une remarque incisive. Mais elle fut plus rapide que moi.

— Il t'a élue par défaut. Il a pris la fille Fitzalan qui restait.

Ma gorge se serra douloureusement, tandis qu'elle poursuivait, de plus en plus froide et implacable.

— Javier Dos Santos est richissime, milliardaire. Son argent le rend tout-puissant, Imogen. Il peut tout faire avec, même transformer un vilain petit canard en cygne majestueux. Ou métamorphoser en icône une héritière de second choix.

Je bredouillai un son inarticulé qu'elle ignora.

— Es-tu vraiment aussi naïve que tu en as l'air ? continua-t-elle en me toisant de toute sa hauteur. C'est un *jeu*, Imogen. Rien de plus.

Pendant quelques secondes, je n'entendis plus rien que le chuchotement de ses amies. Puis quelqu'un ouvrit la porte, et la musique entra à flots. Les dernières phrases de Celeste tournaient en boucle dans ma tête.

« C'est un jeu, Imogen. Rien de plus. »

Elle me jeta un regard triomphant, plein de mépris.

— Tu dois me trouver cruelle, conclut-elle avec un semblant de dignité. Mais avec le temps, quand tu te seras résignée, tu comprendras que j'ai agi par gentillesse.

Elle mentait, bien sûr. D'une manière éhontée.

Ou jouait la comédie.

Bien mieux que moi.

Elle tourna les talons en relevant le bas de sa robe et m'abandonna à mes réflexions.

Curieusement, je ne m'effondrai pas quand elle disparut. Au contraire, je songeai à l'extraordinaire émotion qui m'avait étreinte en débarquant sur l'île ensoleillée de Javier, après avoir vécu dans la tristesse et la grisaille. Je me remémorai la lumière. Le bleu.

Je pensais aussi au feu et à la passion que j'avais trouvés dans les bras de Javier. Jour après jour. Encore et encore.

J'inspirai et expirai plusieurs fois, profondément. Une certitude se fit jour dans mon esprit. Mieux valait quelques semaines de bonheur illusoire avec Javier qu'une triste résignation à ce que Celeste appelait *la réalité*.

J'avais la chance d'avoir connu cela. Tant pis si cela m'avait valu quelques taches de rousseur supplémentaires sur le nez et les épaules. Je me moquais éperdument du mépris des gens qui ne s'attachaient qu'à l'apparence. Je n'étais pas du genre à louvoyer pour m'attirer des bonnes grâces.

Je me sentis brusquement libérée.

Je n'avais plus besoin de faire des efforts pour m'intégrer. Je ne me souciais pas vraiment d'appartenir à la bonne société.

Il n'y avait plus personne pour me punir.

Ni gouvernantes ni religieuses. Mon père n'avait plus aucune autorité sur moi. Il avait vendu ce droit. Quant à Celeste… Nos relations étaient définitivement rompues. Même si Javier m'avait choisie par dépit, c'est moi qu'il avait épousée.

Et comme l'avait si bien dit Celeste, il aurait pu avoir n'importe qui d'autre. Malgré tout, c'était moi l'élue.

Javier seul comptait à mes yeux.

Et si Celeste avait raison, quelle importance ?

J'aimais Javier.

Je ne savais pas grand-chose de l'amour. Grand-mère nous sermonnait toujours à propos de *buts supérieurs* et de *devoirs*, mais sans jamais évoquer l'amour et les sentiments. Dans quelque temps, je regretterais peut-être d'avoir perdu l'affection d'une sœur qui était ma seule famille. Mais pas maintenant.

Parce que j'aimais mon mari.

Oui, *je l'aimais*.

Dans les mariages arrangés comme le mien, c'était sans doute le pire péché qu'on puisse commettre.

Et l'homme qui me faisait défaillir de bonheur la nuit n'aurait certainement pas voulu entendre cet aveu de ma bouche.

Mais cela ne changeait rien.

Les sentiments qu'il m'inspirait m'effrayaient et me bouleversaient par leur violence et leur sauvagerie. J'avais du mal à croire à leur réalité. Tout comme j'avais du mal à croire que Javier Dos Santos existait réellement et qu'il était mon mari.

J'avais peur de ce qu'il répondrait si je me confiais. Il me reprocherait de compliquer inutilement une simple transaction d'affaires. Avec lui, il fallait se contenter de vivre une sexualité épanouie sans s'embarrasser d'émotions. J'avais peur qu'il me bannisse loin de lui, ou se moque de moi.

Je voulais qu'il me regarde encore souvent comme il l'avait fait ce matin, quand nous faisions l'amour et que je pensais mourir de plaisir. Si je perdais un jour cela, je n'en guérirais pas.

Mais je n'avais pas peur de lui.

J'avais passé ma vie enfermée à l'intérieur de moi-même, cadenassée, pour me protéger des autres. Je m'étais constamment dévalorisée, dissimulée, en faisant semblant d'être quelqu'un d'autre. Mais je finissais toujours par revenir au rôle qu'on attendait de moi, même quand je m'échappais par l'escalier de service.

Dorénavant, je ne le ferais plus.

Debout devant la glace, je retirai mon masque et le posai sur la tablette. Puis j'ôtai le clip qui retenait mes cheveux et passai les doigts dans mon chignon pour enlever les épingles et ébouriffer mes boucles folles. Je secouai la tête. Désormais, il n'était plus question d'accepter aucun compromis.

Ma chevelure rousse aux reflets dorés retomba en mèches désordonnées autour de mon visage.

Je n'avais plus peur de rien. Et je me moquais éperdument de la réalité telle que la dépeignait Celeste.

J'avais maintenant accès à une force qui s'était libérée en moi et qui m'avait manquée lorsque je m'étais réfugiée dans les toilettes. Elle me venait de la longue lignée de femmes qui m'avaient précédée et avaient survécu aux vicissitudes de l'existence.

Je l'avais conquise sur l'île magnifique où j'avais vécu quelques semaines avec Javier. Grâce à lui, j'avais appris qu'on pouvait s'abandonner sans capituler. On y puisait même une vitalité extraordinaire.

J'étais tombée amoureuse de mon mari et cela changeait tout.

À commencer par moi.

Je n'avais pas le temps de réfléchir, mais cela ne m'inquiétait pas. Ignorant les autres femmes qui m'observaient à la dérobée, je retournai résolument dans la salle de bal.

J'en avais assez de me cacher.

Le moment était enfin venu d'être moi-même.

La tête haute, je me faufilai entre les groupes sans me soucier des regards qu'on me jetait. Je n'avais d'yeux que pour mon mari et me dirigeai droit sur lui.

Javier, que je m'étais représenté comme un monstre…

S'il en était un, alors moi aussi. Cela m'était égal de ne pas correspondre à la norme que tous les gens rassemblés ici avaient érigée. C'était eux les vrais monstres, bouffis d'orgueil et de snobisme. Uniquement intéressés par l'argent et les apparences.

Mon regard était rivé sur Javier, le seul homme qui était différent. Réel. Sa personnalité transparaissait sous son masque. Sa présence irradiait le *palazzo*. À côté, les autres avaient l'air de fantômes inconsistants.

— Tu as changé de coiffure, me dit-il de cette belle voix grave qui me donnait des frissons.

Dès que je l'entendais, j'avais envie d'oublier le reste du monde et de me retrouver nue au lit avec lui.

— Vous pouvez faire confiance à Imogen pour se faire remarquer et vous mettre dans l'embarras, railla mon père, à côté de lui.

Je ne l'avais même pas remarqué, signe que je m'étais vraiment affranchie de sa tutelle.

— Imogen ne peut pas m'embarrasser, Fitzalan, rétorqua Javier avec une violence inaccoutumée dans ce genre de soirées.

Mon père se raidit tandis qu'il poursuivait.

— C'est *ma femme*. Ce qui la rend, par définition, parfaite, sur tous les plans.

— Javier.

Je pris un plaisir indicible à prononcer son prénom.

— Je t'aime, déclarai-je quand il se tourna vers moi.

Il se figea, tandis que mon père riait de gêne et d'étonnement, avec la clique qui l'entourait. Ils n'avaient pas l'habitude d'entendre ces mots ni de les utiliser, encore moins en public.

Mais j'avais résolu de vivre au grand jour.

— Je t'aime, répétai-je pour éviter tout malentendu. Et j'en ai assez de ces inepties.

À ces mots, je tournai les talons et m'éloignai, telle une reine outragée.

Je recommençai seulement à respirer lorsque Javier me rattrapa et prit mon bras.

Advienne que pourra, me dis-je. Même si je n'étais pas sûre d'affronter sereinement l'orage qui s'annonçait, je ne regretterais jamais d'être tombée amoureuse de mon mari.

12.

Javier

Je la suivis.

Je n'avais pas le choix.

Après la petite bombe qu'Imogen avait lancée, je ne pouvais pas la laisser repartir seule. J'aurais eu l'air de perdre le contrôle sur ma jeune épouse. Ils en auraient tous fait des gorges chaudes. *Chassez le naturel, il revient au galop*, auraient-ils dit d'un air entendu.

Mais, en toute honnêteté, je m'en moquais éperdument.

En revanche, l'écho de ses paroles retentissait encore en moi.

Avec un bruit assourdissant.

Je m'efforçai de ne rien ressentir en posant la main sur le bras d'Imogen. J'ignorai la réaction de mon corps à son parfum. Même si la douceur de sa peau, sous ma paume, me donnait envie de la toucher partout.

Je ne voulais rien éprouver.

Comme si je pouvais réellement effacer mes émotions… N'avais-je pas eu mon compte aujourd'hui ? En comprenant qu'Imogen avait honte de moi, j'avais été cruellement blessé.

J'aurais tant voulu ne rien ressentir… Mais j'avais construit ma vie sur la vérité. Quoi qu'il m'en coûte…

— Javier…

Au-dehors, la température avait considérablement

baissé. Le contraste était saisissant avec l'intérieur. Nos manteaux trop légers ne nous protégeaient pas contre le froid.

Imogen ne poursuivit pas et je l'entraînai à bord de notre embarcation, sans un mot. Sur le pont, j'arrachai mon masque et le jetai à l'eau dans un mouvement d'humeur que je ne tentai même pas de dissimuler. Pendant que nous remontions le Grand Canal, je ne m'extasiais plus sur les somptueux *palazzo*. J'avais cessé de me congratuler sur l'extraordinaire ascension sociale qui m'avait mené de la pauvre banlieue madrilène à la splendeur magique de Venise.

Un peu à l'écart d'Imogen, je m'exhortai à la prudence.

Je devais rester calme. Maître de moi.

Il y avait un monstre tapi en moi, mais pas celui que son père et ses semblables imaginaient.

Je n'avais jamais compris pourquoi les gens se complaisaient dans leurs émotions et en faisaient étalage. Dieu merci, je n'étais pas comme eux. Mais Imogen me décevait.

Sa déclaration d'amour m'assourdissait, comme un roulement de tambour inquiétant, hypnotique.

Je voulais l'oublier, la chasser.

Quand nous arrivâmes à l'hôtel, je n'avais toujours pas prononcé une syllabe.

La cour était illuminée pour donner un air de fête, selon mes instructions. Je renvoyai le personnel sèchement. Le vent froid de janvier m'avait un peu dégrisé, heureusement.

Je recouvrais mes esprits.

— Ne refais jamais une chose pareille, dis-je à Imogen. Ce n'est pas à toi de décider du moment de partir. J'avais des affaires en cours à traiter.

— Tu aurais pu rester. Je ne t'ai pas demandé de me suivre. Simplement, moi j'en avais assez.

Elle était différente. Ou redevenue elle-même ? Telle

que je l'avais rencontrée un jour lointain dans le manoir de son père. Il me semblait qu'une éternité s'était écoulée depuis. Elle ne baissa pas les yeux quand je fronçai les sourcils d'un air sévère. Le mélange de docilité et d'innocence qui m'avait tant séduit sur l'île avait disparu.

Ce soir, Imogen était électrisante. Ses boucles de feu retombaient en cascades sur ses épaules. Ses yeux brillaient d'un éclat intense et séducteur. On aurait dit une déesse des temps anciens, surgie de la mer pour m'envoûter.

Je ne désirais rien d'autre que l'adorer et la célébrer. Mais ne lui avais-je pas consacré ces dernières semaines ? Et qu'y avais-je gagné ?

Des protestations d'*amour.*

Il m'était plus facile de croire en un être surnaturel que de l'imaginer *amoureuse.*

Je me dirigeai vers le porche en pressant le pas et elle courut presque pour me rattraper.

— Tu vas me poursuivre jusqu'à notre chambre ? demandai-je entre mes dents serrées.

— Seulement si tu m'y obliges. J'avais pourtant l'impression que le grand Javier Dos Santos ne fuyait pas devant les difficultés.

Malgré ses talons hauts, ma Don Quichotte au féminin refusait de se laisser distancer. Elle était prête à se battre contre les moulins à vent.

Contre moi.

Je pénétrai à l'intérieur en me demandant comment j'allais surmonter mon vacarme intérieur. Je n'étais pas du tout certain d'y arriver. En même temps, je ne voulais pas y céder.

Je refusais d'analyser et de nommer la chose inconnue qui hurlait en moi.

J'aurais voulu ne rien sentir.

Imogen resta à mes côtés pendant que je traversai le

vaste hall, désert et silencieux. Ses chaussures résonnaient sur le marbre.

Mon cœur battait dans ma poitrine, aussi fort que les flots tumultueux d'un océan déchaîné.

Dans l'ascenseur, nous restâmes face à face, comme des adversaires mesurant le danger.

— Que se passe-t-il ? demandai-je d'une voix qui me parut regrettablement mal assurée.

— J'étais une Fitzalan. Ensuite, je me suis mariée et cela m'a transformée.

C'était m'attribuer beaucoup d'importance.

J'aurais dû éteindre l'incendie dès les premiers signes. J'avais eu tort d'amener Imogen à La Angelita. La situation, explosive, avait échappé à mon contrôle.

J'étais entièrement responsable.

Je penchai la tête de côté en scrutant son expression.

— Tu sais très bien de quoi je parle. Il est arrivé quelque chose ce soir. Quoi ?

Je fixai ses lèvres rose framboise que j'avais pillées tant de fois et dont je ne me rassasierais jamais.

— Ma sœur m'a conseillé d'affronter la réalité.

Une lueur indéchiffrable brillait dans ses yeux aux reflets cuivrés.

Je n'avais pas prêté la moindre attention à Celeste. Elle était sans doute présente au gala, mais je ne l'avais pas vue. Imogen m'éblouissait et éclipsait toutes les autres femmes.

Le cours de mes pensées m'affolait de plus en plus.

— Quelle suggestion bizarre de sa part ! Sans ses œillères, elle-même ne se résignerait sûrement pas à son triste sort.

Lorsque l'ascenseur nous déposa à notre étage, Imogen me précéda dans le grand salon de notre suite. Arrivée au centre de la pièce, elle se retourna vers moi dans une pose théâtrale.

— Pourquoi ne l'as-tu pas épousée ? Tu aurais pu.

Je fronçai les sourcils sans comprendre.

— Nous en avons déjà discuté. Cela ne présente plus aucun intérêt.

— Javier. Est-ce qu'elle t'aimait ?

Pourquoi me posait-elle cette question ? Tout de même pas par jalousie… Je ne comprenais pas où elle voulait en venir.

— La crois-tu vraiment capable d'aimer ? Tu la connais mieux que quiconque.

Un frémissement passa sur son beau visage.

— Non.

Je la mis en garde.

— Cesse de parler d'amour. Les sentiments n'ont pas de place dans un arrangement comme le nôtre.

Moi, en tout cas, je n'en voulais pas.

— C'est dommage que tu penses cela, répliqua-t-elle d'un ton détaché. Mais cela ne change rien au fait que je suis amoureuse de toi, Javier.

Mon angoisse s'intensifia.

— L'amour est l'opium des faibles, déclarai-je avec mépris. Un manque de lucidité. Un joli déguisement pour la sexualité.

— Tu es l'homme le plus puissant que j'aie jamais rencontré. Malgré cela, tu n'as pas insisté quand mon père t'a congédié il y a dix ans. Mais tu es revenu à la charge pour épouser la fille qui lui restait, la seule disponible, même si ce n'était pas celle que tu avais voulue en premier.

Je ne la comprenais toujours pas, mais je n'aimais pas la tournure de la discussion.

— Tu étais vierge, Imogen. C'est certainement difficile pour toi. Le manque d'expérience fausse ta perception de la réalité.

— Tu savais qu'elle serait là ce soir ?

Sa question me surprit encore une fois, désagréablement.

— Pourquoi insistes-tu autant ?

— Je sais que les gens chuchotent derrière mon dos. Ils croient que tu m'as épousée uniquement pour l'avoir, elle. C'est aussi ce qu'elle pense.

— Je ne veux pas d'elle ! grognai-je furieusement. Elle a obtenu ce qu'elle voulait et moi aussi. Tout est bien qui finit bien. C'est parfait ainsi.

Elle eut un sourire triste.

— Peu importe la raison pour laquelle tu m'as épousée. Je me moque que ce soit par intérêt ou par calcul. Ce qui compte, c'est ce qui m'est arrivé depuis.

Mon cœur battait étrangement, comme à l'époque de mon enfance, quand je tentais d'échapper à mes parents et à la faune inquiétante qui gravitait autour d'eux.

Je chassai ce souvenir. Mais la colère demeura.

— Encore une fois, Imogen, tu confonds le sexe et la passion avec quelque chose qui n'existe pas.

Elle me jeta un regard que je ne voulus pas comprendre, mais qui me déstabilisa.

— Je t'aime, Javier, répéta Imogen. Tu ne peux pas l'empêcher.

J'étais pétrifié.

— Tu te trompes.

— Vraiment ?

— C'est un mensonge. L'amour est une faiblesse. Un conte de fées que les gens se racontent pour justifier les excès de leur comportement. Notre mariage est fondé sur une réalité bien supérieure.

— L'argent ? railla Imogen d'une voix provocante. L'intérêt égoïste ?

— Ni toi ni moi ne nourrissions aucune illusion sur notre mariage, contrairement à tous les imbéciles qui se croient amoureux.

— Moi, j'ai beaucoup d'attentes, protesta Imogen, les yeux brillants. Je veux tout, Javier. À quoi bon, autrement ?

J'aurais pu lui opposer des arguments définitifs, ou

même m'en aller en claquant la porte pour mettre un terme à cette conversation. Pourtant, je ne fis ni l'un ni l'autre et restai là à la fixer comme si je la voyais pour la première fois.

Alors que je croyais tout connaître d'elle. Depuis les poèmes qu'elle lisait jusqu'aux gémissements qu'elle poussait dans le plaisir.

— Je t'ai prévenue, Imogen. Pour moi, l'amour est un mensonge et je ne construirai jamais ma vie là-dessus.

Elle émit un son étrange, entre le sanglot et le soupir, et vacilla sur ses jambes. Je dus me contrôler pour ne pas bouger.

Mais elle se ressaisit, comme si elle se préparait au combat.

— Explique-moi cette histoire de mensonge, dit-elle.

Je ne compris pas immédiatement ce qu'elle voulait dire. Mais je la regardai, fasciné, dégrafer le drapé de sa robe qui tomba à ses pieds, tandis que ses yeux m'adressaient une invitation muette que je refusai.

— J'ai été élevé par des criminels, dis-je comme si on m'arrachait un aveu. Des gens sans foi ni loi qui trafiquaient de la drogue, des marchands de rêves qui abusaient de la crédulité d'autrui. Les substances qu'ils vendaient donnaient accès à l'amour et au bonheur, qui s'évanouissaient malheureusement au bout de quelques heures, quand la réalité reprenait ses droits.

Je guettai anxieusement la censure ou le dégoût sur les traits d'Imogen. Mais elle manifesta au contraire une empathie que je rejetai de toutes mes forces.

— Jouons au jeu de la vérité, Javier, me dit ma jeune épouse en inversant les rôles, comme si c'était elle la plus expérimentée et moi l'ingénu. Dès que je mens, tu m'arrêtes. D'accord ?

— Imogen.

Elle passa outre mon avertissement.

Je n'étais pas certain de survivre à l'épreuve…

Elle ôta d'abord son soutien-gorge. Puis elle glissa deux doigts sous la dentelle de sa petite culotte qu'elle fit descendre lentement le long de ses longues jambes fuselées, que j'aimais tant accrocher à mes épaules quand je la pénétrais. Le regard toujours rivé au mien, elle se débarrassa de ses chaussures.

Elle fut bientôt nue, telle une déesse. Sa chevelure aux reflets cuivre et or retombait en cascades sur ses épaules, presque jusqu'à la pointe des seins.

— Alors, est-ce que je mens, là ? lança-t-elle en s'avançant avec une expression de défi.

J'avais la bouche trop sèche pour répondre. Mon cœur battait follement.

Elle s'approcha pour se tenir devant moi, si près que je sentais son odeur et la tiédeur de son corps. J'ouvrai et refermai les poings, plusieurs fois de suite. Je tins bon et résistai, sans la toucher.

— Et cela, c'est un mensonge ? murmura-t-elle d'une voix rauque, en posant les mains sur moi.

J'avais de plus en plus de mal à me contrôler.

— Qu'est-ce que tu veux ? demandai-je.

J'étais déjà résigné, condamné…

— Toi, répondit-elle. Je ne veux que toi, Javier. Je t'aime…

C'en était trop. Une sorte de rugissement me monta à la gorge et j'empoignai Imogen en écrasant ses lèvres d'un baiser fougueux, presque animal. Puis je la soulevai dans mes bras et la portai jusqu'à une méridienne tendue de chintz gris perle. J'y couchai la jeune innocente qui avait décidé de me tourmenter, telle une offrande sur l'autel du sacrifice.

Elle s'agrippa aux revers de ma veste avec une impatience qui décupla mon désir avide, en soulevant ses hanches à ma rencontre.

Le temps me manqua pour me déshabiller entièrement. L'urgence, impérieuse, commandait.

Seule Imogen comptait, et la moiteur de son sexe qui m'appelait.

— Sommes-nous en train de mentir, là ? chuchota-t-elle à mon oreille, tandis qu'un rythme furieux m'emportait.

J'aurais voulu répondre oui, parce que je ne croyais pas à l'amour.

Mais je ne pouvais plus m'arrêter. Surtout, j'en aurais été bien incapable. D'ailleurs, Imogen ne retenait avec une énergie farouche tout en accompagnant mes mouvements. Les chevilles croisées sur mes reins, elle se tendit vers moi, bandée comme un arc.

Lorsque son plaisir explosa, je continuai sans relâche, jusqu'à ce qu'elle crie mon nom dans des sanglots éperdus.

Je ne m'autorisai à la suivre que quand elle succomba une deuxième fois.

Mais ce n'était pas encore assez.

Quand je récupérai mon souffle, je me levai, achevai d'ôter mes vêtements et transportai ma tendre épouse frissonnante dans la chambre. Je la jetai sur le lit et recommençai à l'aimer.

Encore et encore.

Je la possédai de toutes les façons imaginables.

J'explorai et goûtai chaque centimètre de sa peau. Je lui arrachai des soupirs et des cris, inlassablement.

Je l'emmenai sous la douche et retrouvai un regain de vigueur dans les vapeurs d'eau chaude.

J'adorai mon idole et lui vouai un culte exalté. Je voulais la marquer à tout jamais.

Je ne parvins pas à détecter le moindre mensonge dans l'élan infatigable qui nous portait l'un vers l'autre…

Une aube rose pointait aux fenêtres lorsque Imogen s'endormit enfin en travers du lit, épuisée et les yeux cernés. Je m'obligeai à m'asseoir et à détourner le regard.

Il m'en coûta beaucoup.

Imogen s'obstinait à me parler d'amour. Elle n'avait

pas arrêté de la nuit, sonnant sans répit la charge contre son moulin à vent imaginaire.

Sans jamais se relâcher.

Pour moi qui avais construit ma vie d'adulte sur une exigence de vérité, il m'était impossible de me voiler la face.

J'étais un homme, pas du tout le monstre que certains imaginaient. S'il y avait une créature au monde qui pouvait me faire croire que les sentiments n'étaient pas illusoires mais bien réels, c'était Imogen.

Mais c'était inadmissible.

Insupportable, pour moi.

C'est ainsi que je pris la fuite dans Venise au petit matin, alors que j'avais toujours affronté bravement les menaces et les dangers.

Je tentais d'échapper à une ardente tentatrice aux cheveux roux, une créature fascinante qui me captivait malgré moi. Elle me posait un défi que j'avais peur de relever. J'en avais envie, mais redoutais, pour la première fois de ma vie, de ne pas être à la hauteur. En un sens, elle avait complètement détruit ma confiance en moi.

13.

Imogen

Les Fitzalan résistaient et duraient, envers et contre tout.

Ce fut la première pensée qui me vint à l'esprit ce matin-là lorsque je me réveillai seule à Venise.

Puisque Javier n'était pas là, je n'essayai même pas de voir la vérité en face, cette vérité qu'il haïssait tant. Je commençai donc par me mentir à moi-même.

Je me dis qu'il était sorti, peut-être pour un rendez-vous d'affaires ou alors pour courir et prendre un peu d'exercice, comme à son habitude sur l'île. Je lui trouvai toutes sortes d'excuses. Mais au fond de moi, je savais.

Il était parti.

Son personnel arriva à midi.

Je ne tentai même pas de poser des questions ou de faire des histoires. On prit mes bagages et je quittai l'hôtel sans un regard en arrière.

Je ne demandai pas où on me conduisait. Un avion m'attendait à l'aéroport, pas le jet privé de Javier. Tandis que nous survolions l'Italie, je m'interrogeais. Où était-il ? Quand reviendrait-il ? Si tant est qu'il revienne un jour…

En débarquant à La Angelita, j'étais partagée entre le soulagement et la tristesse. Quand la voiture me déposa à la villa, je m'inventai toutes sortes d'histoires, toutes plus improbables les unes que les autres. Javier avait dû rentrer en urgence, tout simplement. Dès que je franchirais le seuil, il serait dans le hall pour m'accueillir avec son petit sourire en coin, non loin de la console que je ne pouvais jamais voir sans rougir…

Mais il n'était pas là.

La première semaine, je sursautais dès que j'entendais un bruit. Chaque fois qu'une porte s'ouvrait ou qu'un volet cognait à cause du vent. Je m'attendais à le voir à tout moment.

Mais Javier ne revint pas.

Pendant la troisième semaine, j'étais dans sa bibliothèque en train de relire mon roman préféré. Pour la première fois de mon existence, les livres échouaient à me consoler. J'étais au bord des larmes, avec une migraine épouvantable qui ne me quittait plus et empirait même de jour en jour.

Le cœur brisé, j'étais inconsolable.

Seule et abandonnée, je songeais au cours de l'histoire et à la glorieuse généalogie des Fitzalan qui avaient conduit jusqu'à moi.

Je pensais aussi à ma sœur et la vie qu'elle menait. Aurais-je connu pire sort si j'avais épousé le comte renfrogné qui était son mari ?

Malgré le temps qui s'était écoulé, les souvenirs du gala me faisaient encore mal. Malgré tout, j'éprouvais une certaine empathie envers Celeste qui, pas plus que moi, n'avait eu son mot à dire. Enchaînée au comte jusqu'à ce qu'il meure, elle était certainement très malheureuse.

Finalement, j'avais eu plus de chance. J'aimais Javier. Et même, je ne pouvais pas m'empêcher de croire qu'il m'aimait aussi, sans le savoir sans doute.

Puisque les liens du mariage étaient indissolubles, dans notre milieu en tout cas, je n'avais pas à m'inquiéter. Peu importait le temps que durerait l'absence de Javier.

Il était inutile de faire des recherches pour le retrouver. Je lui avais tout dit à Venise.

Je n'avais qu'à attendre.

Les jours s'écoulaient lentement, sous un ciel bleu, éclatant de lumière. L'attrait des vacances et de l'oisiveté s'était un peu estompé et je cherchais à m'occuper.

— *Señor* Dos Santos n'approuverait sans doute pas votre présence dans son bureau, s'inquiéta le majordome un beau matin, alors que j'utilisais l'ordinateur de Javier.

— Ah bon ?

— Le *señor* n'apprécie pas qu'on envahisse son espace privé.

J'affichai un large sourire.

— C'est bien dommage qu'il ne puisse pas me le dire en personne.

Je m'occupais comme je pouvais. Puisque je n'avais pas un travail comme tout le monde, je résolus de me rendre utile à ma façon.

Et tant pis si Javier n'était pas d'accord avec moi sur ma manière de dépenser son argent en dons divers à des œuvres caritatives. C'était son problème. S'il avait des reproches à me faire, il faudrait qu'il revienne à La Angelita pour me le dire en face.

Le temps passait agréablement sous le chaud soleil méditerranéen. Je me promenais dans les oliveraies en guettant les signes du printemps naissant. Au crépuscule, je m'asseyais au bord de la piscine pour contempler les étoiles. J'arpentais les rivages de l'île, infatigablement, en m'enivrant de l'air marin.

Dans ma solitude, je parlais à la mer qui me répondait dans le chuchotement incessant des vagues, au fond des criques.

Elle me confortait en m'exhortant à la patience.

Cela faisait maintenant un mois entier que j'étais revenue de Venise. Je m'éveillai seule comme tous les matins, assaillie par les souvenirs des merveilleuses semaines que j'avais connues à mon arrivée sur l'île. J'avais alors offert à Javier ma virginité et mon cœur.

En retour, il m'avait fait don de cette lumière éclatante qui rentrait à flots par les fenêtres.

Au lieu de sauter au bas du lit pour me plonger dans l'eau de la piscine, je me précipitai à la salle de bains, prise d'une nausée abominable.

Quelques minutes plus tard, assise sur le carrelage, un gant humide sur le front, je me dis que le dîner de la veille au soir n'était probablement pas à incriminer.

Je portais une chemise de Javier que j'avais subtilisée dans son armoire, juste pour avoir l'impression qu'il était encore là avec moi. Le dos appuyé contre le mur, je posai une main sur mon ventre, dans un mélange d'effroi et d'étonnement.

Je n'avais pas pleuré depuis le matin où je m'étais réveillée seule à Venise. Alors convaincue qu'il ne pouvait pas me quitter ainsi, j'avais attendu qu'on vienne me chercher. Je m'étais donc douchée et préparée, après m'être longuement abandonnée aux larmes.

Maintenant, c'était différent. Le désespoir s'accompagnait d'une joie secrète, irrépressible.

Dans mon milieu, avant de leur accorder le statut d'êtres humains, on considérait d'abord les bébés comme une assurance, une garantie d'héritage et de descendance. Il fallait malgré tout ne pas avoir trop d'enfants, afin de préserver la fortune familiale. D'un autre côté, si on n'en avait pas assez, le patrimoine risquait de tomber entre des mains indignes.

Assise par terre dans la salle de bains de cette maison, le seul endroit au monde où j'avais été heureuse, je n'avais cure de ces considérations.

Je chuchotai une promesse à l'intention de la petite vie qui croissait en moi.

— Je me moque royalement du qu'en-dira-t-on. Je t'aimerai toujours et tu ne douteras jamais de mon amour.

Quand j'eus recouvré mon calme, je tamponnai mes yeux rouges pour effacer toute trace de larmes. Puis j'appelai la gouvernante pour lui expliquer ce que je voulais.

Deux heures plus tard, je reçus une livraison de la pharmacie la plus proche, située sur le continent espagnol. Un quart d'heure après, j'avais confirmation que j'étais effectivement enceinte de l'enfant de Javier. Mon enfant.

Notre bébé.

À la nuit tombante, tandis que l'horizon se teintait d'or et de rose, j'entendis comme tous les soirs un bruit qui me fit lever la tête.

Mais cette fois-ci, c'était lui.

Devant moi, après toutes ces semaines interminables.

Il avait un regard meurtrier.

14.

Javier

Elle était magnifique.

Le souffle coupé, j'eus l'impression d'être frappé en plein cœur.

Pelotonnée dans un fauteuil, absorbée dans la lecture d'un gros livre ouvert sur ses genoux, Imogen ne s'aperçut pas tout de suite de ma présence.

Attendre fut pour moi une véritable torture. Le teint hâlé par ses longues promenades au grand air, ainsi que me le rapportaient les domestiques, elle pinçait d'un air soucieux sa lèvre inférieure entre le pouce et l'index.

Parce qu'elle portait mon enfant.

Mon enfant.

Puis, brusquement, elle leva les yeux.

— Bonjour, Javier, dit-elle comme si je l'avais quittée une heure plus tôt. Je ne t'attendais pas.

— Ah bon ?

Sans lui laisser le temps de répondre, je m'approchai, aux prises avec toutes sortes d'émotions contradictoires. Une fureur inexplicable se mêlait à une peur panique et à un désir fou qui ne m'avait laissé aucun repos pendant mes voyages autour du monde.

Partout, elle m'avait hanté.

C'était pire, maintenant que je l'avais devant moi.

— J'ai cessé de t'attendre au bout de huit jours,

déclara-t-elle sur un ton détaché qui me fit l'effet d'une gifle. Combien de temps comptes-tu rester ?

— Il paraît que tu as une nouvelle à m'annoncer, Imogen. Tu devrais peut-être commencer par là.

Elle parut troublée.

— Une nouvelle, vraiment ?

— Ma gouvernante m'a mis au courant. Tu lui as demandé un test de grossesse.

Elle ne broncha pas quand j'avançai et me fixa avec circonspection.

— On m'informe de tous tes faits et gestes, figure-toi, ajoutai-je.

Elle redressa le menton avec cette expression de défi que je connaissais bien.

— Si tu as des critiques à m'adresser à propos des dons que j'ai faits à diverses associations caritatives, j'en discuterai volontiers avec toi.

— Notre mariage ne peut pas continuer à fonctionner ainsi.

— Dans ce cas, il faudra nous expliquer, avoir une conversation face à face. C'est trop difficile de prendre des décisions seule.

Elle haussa les épaules avec une nonchalance incroyable. Je tournai autour de son fauteuil, indécis. Pareillement, depuis mon départ de Venise, j'avais erré de par le monde sans me résoudre à revenir sur l'île. J'avais de plus en plus de mal à réfléchir et à me concentrer.

Imogen m'obsédait.

Une rage sourde m'animait, que je n'arrivais pas à analyser. Néanmoins, mon intuition me soufflait que cette colère me servait à dissimuler des émotions que je ne voulais pas m'avouer.

— Tout dépend de la manière dont on voit les choses, répliquai-je. J'ai toujours été clair. C'est toi qui as changé les règles du contrat. Dans un mariage arrangé…

— Il n'y a pas de place pour les sentiments, c'est cela ? coupa-t-elle.

Je m'emportai aussitôt, incapable de me contrôler.

— Il y a des raisons à cela. Tu ne te rends pas compte de ce que j'ai vécu dans mon enfance.

— C'est vrai, dit-elle.

Décontenancé, je me figeai et la regardai se lever. Sa robe d'été légère virevoltait autour de ses longues jambes bronzées dont je n'arrivais pas à détourner les yeux.

Ma déesse avait encore embelli depuis qu'elle portait mon enfant. Elle en était transfigurée. Comment allais-je affronter cette nouvelle expérience ? Je n'étais pas fait pour le bonheur…

— Tu m'as seulement raconté ta vie dans les grandes lignes, reprit-elle. Et c'est pareil pour moi. Si tu ne veux pas que je reste une étrangère, il faut t'intéresser à moi et me poser des questions. Mais nous avons tout notre temps. C'est l'avantage d'un mariage arrangé, il ne sera jamais question de divorce. Il y a trop d'intérêts en jeu. Nous avons donc la vie devant nous.

Elle eut un geste désinvolte et je me retins pour ne pas lui prendre la main.

Même si elle avait raison, l'expression *mariage arrangé*, dans sa bouche, me choquait. Je me sentais étrangement dévalorisé.

Je secouai la tête.

— Quelques semaines de solitude et l'annonce de ta maternité t'ont complètement changée… Curieusement, cela ne me surprend pas que tu ne parles plus d'amour.

L'amertume de mes paroles flotta un instant entre nous. Dans le silence de la bibliothèque, je pris subitement conscience que j'avais terriblement besoin d'entendre, une fois encore, les déclarations d'amour qu'Imogen m'avait jetées à la figure à Venise.

À l'époque, je les avais refusées. À présent, je ne doutais plus de leur sincérité.

Une étincelle s'alluma dans les yeux d'Imogen.

— Tu as tout ce que tu voulais, Javier. L'héritière Fitzalan que tu convoitais, un enfant qui assurera ta succession… Rassure-toi, je ne me fais plus aucune illusion sur mon rôle depuis que tu m'as remise à ma place. Il m'a suffi de prononcer un mot, *amour*, pour être assignée à résidence dans une solitude totale…

Elle plissa le nez.

— Mais je ne me plains pas. Comme prison, il y a pire.

— La Angelita n'a rien d'une prison.

Tout à coup, elle cessa de faire semblant.

— Je t'aime, idiot ! s'écria-t-elle d'un ton presque désespéré. Ce n'est pas parce que tu es parti que cela change quelque chose !

— Tu ne t'es pas manifestée.

Il me fallut quelques secondes pour me rendre compte que cette voix dure, gutturale, sortait de ma gorge.

— Javier…, murmura-t-elle en posant la main sur son ventre, là où mon enfant grandissait déjà.

Ce geste me fut fatal.

— Tu m'as anéanti, dis-je comme si je l'accusais d'un crime honteux. Tu m'as pris ma maison. Tu m'as volé mon cœur, alors que je croyais ne pas en avoir. Je n'ai plus rien. Tu parles de prison, mais j'ai passé ces dernières semaines à fuir de pays en pays, dans le vaste empire que je me suis construit. Si tu n'es pas avec moi, plus rien ne m'intéresse. Le monde entier sans toi est une prison.

Elle entrouvrit les lèvres comme si elle avait du mal à croire à ce qu'elle entendait.

— Tu peux séduire qui tu veux. Toutes les femmes sont à tes pieds.

— Mais c'est toi que j'ai choisie ! Tu ne comprends donc pas ? Jusqu'à présent, je voulais simplement gagner, *collectionner*, conquérir. Il suffit d'avoir de l'argent. C'est très facile. J'ai toujours réussi. Mais depuis que tu as surgi devant moi, à Venise, en plein gala, pour crier ton amour, rien n'est plus pareil.

— Parce que je t'aime, répéta-t-elle avec la même *certitude absolue* qui l'avait animée en Italie.

Ces mots qui m'avaient poursuivi pendant un mois m'avaient finalement ramené à elle.

— Je ne sais pas ce qui m'arrive, repris-je avec une émotion impossible à maîtriser. En tout cas, je n'ai plus envie de collectionner. Je veux vivre. Je veux aussi connaître mon enfant et l'élever dignement, pas comme mes parents ou ton père. Je veux *vivre*, Imogen. Finalement, c'est peut-être de l'amour, ce que je ressens, parce que je ne trouve aucun autre mot pour le décrire.

J'avais encore l'air de l'accuser, mais elle murmura mon nom avec ferveur, comme une prière.

N'y tenant plus, je me jetai à ses genoux et posai la joue sur son ventre, là où battrait bientôt le cœur de notre bébé, le début de notre avenir et de notre famille. Je succombai aux espoirs et aux rêves dont je m'étais toujours cru indigne.

— Je ne peux pas vivre dans le mensonge, ajoutai-je en relevant la tête pour scruter ses yeux brillants. Mais je suis démuni devant les émotions.

Quand elle prit mon visage entre ses paumes, un grand calme m'envahit.

— Tu ressens les mêmes choses que moi, mais tu les nommes autrement, voilà tout. Pour toi, il s'agit uniquement de sexe. Mais tu te trompes, Javier.

— Qu'en sais-tu ? Tu n'as jamais connu d'autres hommes que moi.

— Je le sais, c'est tout.

Imogen était en réalité beaucoup plus mûre que son âge. En dépit de son manque d'expérience, elle possédait une force et une sagesse peu communes.

Une certitude se fit jour en moi. Imogen représentait

tout ce dont j'avais besoin. J'avais acheté une fiancée, mais elle m'offrait la vraie vie.

— Dès l'instant où j'ai levé les yeux et t'ai aperçue sur ce balcon, chez ton père, j'étais perdu, déclarai-je.

Elle m'adressa un sourire éclatant.

— Le monstre que je croyais épouser s'est transformé en prince charmant. Mon mari est le meilleur des hommes et il est à moi !

J'acquiesçai.

— Oui. Pour toujours.

Elle s'accroupit devant moi pour m'enlacer par le cou.

— Pour toujours, répéta-t-elle solennellement. Ce qui ne t'empêche pas de partir en voyage de temps en temps quand c'est nécessaire…

— Franchement, le temps m'a semblé trop long pour que je renouvelle l'expérience.

— Je t'aime, chuchota-t-elle.

La vérité que j'avais vigoureusement niée s'imposait à moi. J'avais vainement tenté de la refouler, mais elle m'avait conquis à mon insu.

— Je t'aime, Imogen, avouai-je précipitamment.

Devant son expression radieuse, je répétai ma déclaration, avec plus d'aisance et de naturel, me sembla-t-il.

— Je t'aime.

Je scellai un baiser sur ses lèvres et l'entraînai sur le tapis pour lui prouver sur-le-champ toute la force et l'étendue de mon amour. Elle m'avait trop manqué. Il fallait que je rattrape le temps perdu.

Lorsque, encore toute tremblante et palpitante, elle se blottit contre moi, le visage enfoui au creux de mon cou, je pris la pleine mesure de ce qui m'arrivait.

Ce qui avait été négocié comme un mariage arrangé se transformait en mariage d'amour. Notre couple rentrerait dans la légende des unions heureuses et réussies.

La merveilleuse alchimie qui nous avait rapprochés dès le premier jour constituerait le socle de notre vie commune. Nos enfants grandiraient dans l'harmonie, nous marcherions pour toujours main dans la main.

Nous avions trouvé l'amour. La passion nous guiderait au quotidien, pendant le reste de notre existence, dans une promesse de bonheur toujours renouvelée.

Retrouvez en octobre 2019,
dans votre collection

Azur

Le secret d'un mariage, de Louise Fuller - N°4136

ENFANT SECRET

Revoir Aristote Leonidas cause un choc à Teddie. Entre eux, en effet, il n'y a pas seulement un mariage raté, mais un petit garçon de trois ans dont Aristote ne soupçonne même pas l'existence. Hélas, lorsque ce tendre secret est révélé, Teddie doit faire face aux conséquences de son trop long silence. Et accepter de redevenir l'épouse de celui qu'elle a tout fait pour oublier – comme il l'exige !

Un contrat irrésistible, de Cathy Williams - N°4137

Il a bâti un empire, broyé ceux qui faisaient obstacle à son succès. Rien ne résiste à Luca Ross. Jusqu'à ce qu'il devienne le tuteur d'un enfant. Face au petit Jake, il se sent soudain... démuni. Alors, pour s'occuper de son héritier, il n'hésite pas à embaucher Ellie Edwards, la seule femme capable de faire sourire Jake ! Même si la jeune femme, guère impressionnée par son nouveau patron, lui témoigne une franche hostilité...

Maître de ses sentiments, de Natalie Anderson - N°4138

En franchissant les grilles de la Villa Rosetta, Grace retient son souffle. La propriété est un chef-d'œuvre d'élégance, un joyau. Prendre soin des rosiers du parc, en l'absence du propriétaire, ne sera pas une corvée pour elle, mais un réel plaisir... Alors qu'elle se fait ces réflexions, elle tombe nez à nez avec le plus bel homme que la Terre ait jamais porté, mais qui, sans ménagement, l'accuse d'être une intruse. Aussitôt, Grace comprend qu'il s'agit du sulfureux Rafael Vitale. Le maître des lieux.

Une nuit avec Ethan Devereux,
de Carol Marinelli - N°4139

Revers de sa fortune colossale, Ethan Devereux est poursuivi par les paparazzis. Alors, quand la jolie Merida lui révèle être enceinte, suite à la nuit époustouflante qu'ils ont passée ensemble, il décide de prévenir tout scandale… en épousant la jeune femme. Une idée folle et excitante à la fois. Car si Merida semble choquée qu'il lui propose un mariage de convenance, lui est sûr de la convaincre du bien-fondé de leur union, une fois que les portes de leur chambre nuptiale seront closes…

La danseuse et l'homme d'affaires,
de Bella Frances - N°4140

La danse est pour Ruby bien plus qu'une passion : c'est sa vie. Depuis ses onze ans où elle a intégré le British Ballet, l'institution est son foyer, sa famille, le seul endroit où elle se sent à l'aise. Alors aujourd'hui qu'elle doit convaincre Matteo Rossini d'être le mécène de la compagnie pour la sauver, elle est au comble de l'angoisse. Elle n'a pas le droit à l'erreur, face à l'homme d'affaires – redoutable et si sexy à la fois…

Une candidate trop parfaite, de Michelle Smart - N°4141

D'accord, Dante aime les femmes. Ce n'est pas un crime. Hélas, ses partenaires en affaires ne partagent pas cet avis, et lui prêtent une réputation scandaleuse. Aussi, pour mener à bien un gros contrat, lui faut-il d'urgence trouver une fiancée qui fera de lui un homme respectable… Alors qu'il se fait ces réflexions, se présente à lui la belle Aislin. Une jeune femme qui le déteste et représente pour cette raison même, la candidate idéale. Dénuée de tout sentiment, une union de convenance n'est-elle pas la clé du succès ?

Dans les bras d'un souverain, de Susan Stephens - N°4142

LES PRINCES DU DÉSERT

Alors qu'elle travaille sur un luxueux yacht, Millie retrouve le cheikh Khalid, dont elle est tombée éperdument amoureuse, huit ans plus tôt…. Impossible pour elle d'ignorer le désir qui l'envahit, dès qu'il la regarde. Contre toute raison, elle succombe au plaisir, entre les bras du puissant souverain. S'ils ne sont pas du même monde et n'ont aucun avenir ensemble, les émotions qui les rapprochent sont bien réelles. Et les conséquences de leur folle liaison, bien davantage encore…

Une mariée en héritage, de Maisey Yates - N°4143

SÉRIE : *INNOCENTES PASSIONS* - 2/2

Pour toucher son héritage, Diego Navarro n'hésite pas à enlever la fiancée de son frère ! N'est-il pas réputé pour être impitoyable et sans cœur ? Mais alors qu'il attendait que la belle Liliana s'insurge contre le procédé, il est sidéré de voir qu'elle se plie à ses exigences, en l'épousant. Comme si elle était résignée à son destin... En fait, c'est Diego qui est bientôt pris au piège, dans ce mariage forcé. Car sa douce promise éveille en lui des sentiments qu'il s'est toujours interdit d'éprouver...

Une bague à son doigt, de Pippa Roscoe - N°4144

SÉRIE : *LE CERCLE DES TROIS* - 1/3

« Emma, j'ai besoin que vous me trouviez une fiancée pour demain. » De toutes les missions impossibles que lui a confiées Antonio Arcuri, celle-ci mérite la palme ! En tant qu'assistante personnelle d'un puissant homme d'affaires, Emma sait faire preuve d'initiative et d'audace, mais son dévouement a des limites... Or, quand son patron suggère qu'elle joue elle-même le rôle de la femme de sa vie, elle se surprend à accepter...

Une reine scandaleuse, de Jane Porter - N°4145

Lorsque Josephine sauve de la noyade un inconnu, elle est immédiatement captivée par son charme. Mais Alexander est amnésique et incapable de lui donner son identité. Malgré les doutes, la passion les emporte tous deux et les lie de la plus intime façon qui soit... Jusqu'à ce que la réalité les frappe de plein fouet : Alexander n'est autre que le souverain d'Aargau. Et pour éviter un retentissant scandale royal, Josephine doit accepter de devenir sa reine...

Une alliance sous contrat, de Sharon Kendrick - N°4146

Lily retient avec peine ses larmes. Ainsi, Ciro d'Angelo, cet arrogant homme d'affaires italien, est le nouveau propriétaire de la maison familiale où elle a grandi ! Une demeure que Lily croyait avoir héritée de son père mais que sa belle-mère s'est visiblement empressée de vendre sans rien lui en dire. Que va-t-elle devenir si Ciro lui demande de quitter les lieux ? Où ira-t-elle, avec son jeune frère dont elle a la charge ? Mais alors que le désespoir menace de la submerger, Ciro lui fait une incroyable proposition : elle pourra rester dans la maison familiale, à condition de l'épouser...

Composé et édité par HarperCollins France.

Achevé d'imprimer en août 2019.

CPI
BLACK PRINT

Barcelone

Dépôt légal : septembre 2019.

FSC
www.fsc.org
MIXTE
Papier issu de sources responsables
FSC® C108412

Pour limiter l'empreinte environnementale de ses livres, HarperCollins France s'engage à n'utiliser que du papier fabriqué à partir de bois provenant de forêts gérées durablement et de manière responsable.

Imprimé en Espagne.